가천대학교 아시아문화연구소 아시아교양총서

금색야차 하

가천대학교 아시아문화연구소 아시아교양총서 ❺

금색야차 하(원제: 金色夜叉)

초판인쇄	2020년 4월 20일
초판발행	2020년 4월 29일
지은이	오자키 고요(尾崎紅葉)
옮긴이	류정훈, 박진수, 임만호
기 획	가천대학교 아시아문화연구소
펴낸이	이대현
편 집	이태곤 문선희 권분옥 임애정 백초혜
디자인	안혜진 최선주 김주화
마케팅	박태훈 안현진
펴낸곳	도서출판 역락
주 소	서울시 서초구 동광로 46길 6-6 문창빌딩 2층
전 화	02-3409-2060(편집), 2058(마케팅)
팩 스	02-3409-2059
등 록	1999년 4월 19일 제303-2002-000014호
전자우편	youkrack@hanmail.net
홈페이지	www.youkrackbooks.com

ISBN 979-11-6244-473-3 04830
      979-11-6244-468-9 04830 (세트)

* 책값은 뒤표지에 있습니다.
* 파본은 구입처에서 교환해 드립니다.

* 이 도서의 국립중앙도서관 출판예정도서목록(CIP)은 서지정보유통지원시스템 홈페이지(http://seoji. nl.go.kr)와 국가자료종합목록 구축시스템(http://kolis-net.nl.go.kr)에서 이용하실 수 있습니다. (CIP 제어번호 : CIP2020015779)

이 번역서는 2018년도 가천대학교 교내연구비 지원에 의한 결과임.(GCU-2018-0705)

금색야차 하

오자키 고요 지음
류정훈 박진수 임만호 옮김

5

역락

일러두기

1. 서지

본서는 岩波文庫 『金色夜叉』(下)(2017년 제9쇄)를 번역한 것이다.(岩波文庫 『金色夜叉』
(下)의 저본(底本)은 『紅葉全集』 第七卷(1993년 12월 21일, 岩波書店刊임)

2. 각주

본문의 괄호 안에 들어 있는 모든 주는 번역자에 의한 주이다.

차례

속 금색야차

제1장

시간을 돈으로 환산해 일 초(秒)를 모(毛, 금전의 단위로 10모는 1리, 100모는 1전에 해당)로 치면 약 여덟 시간의 수면 시간을 뺀 하루 열여섯 시간은 오 엔 칠십육 전이다. 이것을 삼백육십오 일 일 년으로 합산하면 이천백이 엔 사십 전이라는 큰돈이 된다. 이제 연말이 이십칠 일 앞으로 다가온 시내의 모습은 흉흉하다 못해 말세라도 된 것처럼 정신없다. 앉아 있던 사람이 걸어다니고 걸어다니던 사람은 뛰어가고 뛰던 사람은 날아다니는 형국이다. 분주하고도 소란스럽게 엇갈려 어깨와 어깨가 서로 스치고 수레 바퀴통은 수레 바퀴통대로 부딪쳐 깨지고 있는데 이를 알아채지도 못하는 것은 사람들 마음이 말세가 된 것처럼 허둥대며 들썩거리기 때문이다. 미치지 않았던 사람마저 이제는 미친 것처럼 보인다. 그들 모두 지난 십일 개월을 헛되이 보내고 일 초라는 티끌로 모은 이천여 엔이라는 거금을 어디선가 잃어버리고는, 후회의 뒤안길에서 새삼스레 혈안이 되어 수풀을 헤치고 기와를 들춰서라도 그 행방을 찾으려 필사적이다. 평소 단 일 모에 해당했던 일 초가 일 전에서 십 전으로 폭등하는 귀한 시간을 허무하게 소비해버리고 허둥대는 모습은 뭐라 형용할 수 없을 정도이다.

이와는 대조적으로 하늘은 여느 때와 같이 넓고 푸르며 조용하기만 하다. 지상에는 종일 북풍이 휘몰아치면서 석양의 그림자를 빛내고 그믐달은 덧없는 세상을 청명하게 만든다. 저 멀리 길 양쪽에 쭉 늘어서 있는 대문의 설날 장식용 소나무는 가지에 걸린 잎이 넓어 수산(壽山)의 초록빛을 엇갈리게 하고 처마 끝에 이어지는 금줄은 복해(福海)의 안개처럼 길게 꼬리를 끌고 있다. 좀 더 번화한 새해를 기대하는 거리 모습은 한해가 사라져가는 것을 아쉬워하는 사람들의 마음을 사로잡는다.

이천여 엔을 잃고 뛰어다니는 사람들 사이로 매화 가지를 들고 지나가는 저 사람은 누구의 자식일까. 엽총을 메고 가는 사람은 누구의 자식일까. 기녀와 함께 수레를 타고 가는 사람은 누구의 자식일까. 이쑤시개를 입에 물고 비단옷을 입은 사람은 누구의 자식일까. 그런가 하면 쌍두마차를 모는 자, 여러 가지 선물을 짊어진 자, 잡지 따위를 들고 가는 자, 다섯 명의 아이를 염주처럼 엮어서 백화점으로 들어가는 자, 그들은 각자 조금이라도 얻는 것이 있으면 스스로 만족할 터이다. 이들 가운데 조금 잃은 자는 기뻐하고, 많이 잃은 자는 걱정하며,

간혹 조금도 잃지 않은 자는 즐거워하겠지만, 이들 모두 악착같이 조금이라도 더 얻고자 서두를 것이다. 세상 사람들은 아침부터 저녁까지 계속해서 이런 생각밖에 없지만, 용감함이나 비겁함은 죽을 고비에 이르러 비로소 드러나는 법이다. 이 연말에 보라는 듯이 정강이를 드러내고 술이 취해 비틀거리며 지팡이 삼은 지팡이 삼은 철편(鐵鞭)을 질질 끈 채 서양책 한 권을 가슴에 안고 가는 사람이 있다. 낡고 값싸 보이는 하카마(허리에서 발목까지 덮히는 일본의 전통의상)를 입고, 꾀죄죄한 플란넬 재질의 홑옷 위에 무늬조차 알아볼 수 없을 정도로 닳고 닳은 솜옷을 겹쳐 입었다. 기와색으로 변한 서양 모자를 눌러쓰고, 두 겹으로 된 짙은 갈색의 외투를 걸쳤는데 외투는 어디서 받았는지 모르지만 너무 짧은 탓에 키가 큰 사람이 입고 있으니 안에 입은 하카마가 바람에 찢어질 듯 펄럭였다. 서른대여섯쯤 되어 보이는 이 사나이의 몸은 그다지 마르지 않았지만, 잎이 진 나무가 겨울의 저녁 하늘을 배경으로 서 있는 것 같이 외로운 모습이었다. 어울리지 않게 곱게 기른 덥수룩한 수염은 가슴까지 내려오고, 좌우로 비튼 팔자수염 끝을 감아 귀밑까지 닿게 했다. 찬찬히 살펴보면 용모는 시원스럽고 씩씩하며, 약간 교만한 기색은 엿보이지만 건방지지는 않고, 더욱이 이제 얼큰히 취해 흥이 나서 낮이 긴 봄날의 들판으로 나가려는 듯이 서쪽 골목길을 지나 이쪽 큰길로 들어서려 했다.

"표주박은 비고 밤이 고요해 누대에 오르니, 사온 술 마시며 발(簾)

을 걷고 달빛에 취한다, 취중에 검을 들어 달빛을 비춰본다.*"

노래를 읊조리며 가는 그의 모습은 점점 더 즐거워 보였다. 맑게 갠 하늘은 석양빛을 받아 검푸르게 빛나고 갑자기 초겨울 찬바람이 눈과 입에 스며들어 날카로운 바늘로 찌르는 듯하였다. 남자는 취한 얼굴을 내밀고는 숨을 크게 내쉬며 오른쪽으로 한 걸음, 왼쪽으로 한 걸음 비틀거리면서 또 읊조렸다.

"종종 슬픈 노래를 부르며 홀로 눈물 흘린다. 군산(君山)을 깎아 없애 버려 상수(湘水)를 평평하게 흐르게 하고, 계수(桂樹)를 베어 버려 달을 더욱 밝게 하려는 장부의 큰 뜻도…….**"

그때 남쪽 끝에서 말을 탄 근위병들이 질주해오더니 남자의 앞을 그대로 지나갔다. 그는 그 자리에 멈춰선 채 날아오르는 모래먼지 속에서도 근위병 용자들의 행렬 뒷모습을 장하다는 듯이 지켜보며 읊조렸다.

"나 사방을 유람하였으나 뜻을 얻지 못하고, 미친 척하며 성도(成都)에서 약을 나눠주었노라.***"

그는 공연히 그 노래의 첫머리를 낮은 목소리로 읊조렸다. 드디

---

* 육유(陸游)의 루상취가(樓上醉歌) 중 〈瓢空夜静上高樓 買酒捲簾邀月醉 醉中拂劍光射月〉을 인용.

** 육유(陸游)의 루상취가 중 〈往往悲歌獨流涕 劃却君山湘水平 斫却桂樹月更明 丈夫有志苦難成〉에서 장부의 뜻도 이루기 어렵다는 뒷부분이 생략되었음.

*** 육유(陸游)의 루상취가 중 가장 앞부분 〈我遊四方不得意 陽狂施藥成都市〉를 인용.

어 바삐 거리를 지나가던 사람들마저 취한 남자를 눈여겨보게 되었다. 모두들 바빠서 정신없는 연말에 혼자 저렇게 마시고 취하다니 대체 어떤 속편한 놈인가, 자포자기한 놈인가, 호걸인가, 득도한 놈인가, 술주정뱅이인가 하며 그 이상한 모습에 혹시 아는 사람이 아닌가 하고 살피는 사람이 있는가하면 그의 신상을 염려하면서 가는 사람도 있었다. 그는 너무나 취해 아무런 생각이 없었다. 거리의 흥청거림을 바라보면서 어느 쪽을 향해 갈 것인가도 정하지 못해서 한동안 그대로 서 있었다. 그만큼 사람들의 눈길을 끌었지만 그는 오늘만 모습을 나타낸 것은 아니었다. 가끔 산책하러 나왔지만 이런 추태를 보인 것은 전부터 눈여겨본 파출소 순경도 희귀한 일이라 여겼다.

그는 곧 철편을 잡아당겨 소리를 내면서 큰길을 오른쪽으로 돌아서 이백 미터쯤 가다가 서북쪽에서 좁은 언덕길이 펼쳐지는 모퉁이에 당도했다. 그 순간 달려 내려오던 인력거 하나가 공교롭게도 취해 비틀거리던 남자의 허리 주위에 부딪혔다. 취한 남자는 삼 미터쯤 되는 곳으로 나가떨어지면서 땅바닥에 옆얼굴을 쓸리며 넘어졌다. 그 자리에 멈춰 선 인력거꾼은 자신의 실수에 정신이 나갔는지 가만히 있다가 귀찮다고 여겼는지 그대로 인력거를 돌려 달아나려 했다. 그때 검은 사선으로 교차된 줄무늬 비단 외투를 입고 아주 옅은 쥐색 지리멘(주름이 있는 비단)의 두건을 쓴 채 인력거 안에 앉아 있던 부인은 주황색 무지의 해달 모피와 같은 윤기가 있는 비단 무릎덮개를 밀어 제치며 '멈춰요, 돌려요'하고 애타게 말했다. 그러나 인력거꾼이 여전히 듣지 않고 악착같이 끌고 가자 뒤에서 누군가 소리쳤다.

"멈춰, 이놈아!" 하고 큰 소리로 꾸짖는 소리에 지나가던 사람들도 비로소 일이 터졌구나 하고 알아차렸다. 곧바로 인력거꾼의 몰인정을 책망하는 말도 들렸다. 참지 못한 부인이 결국 인력거에서 내려 걸어왔다.

본래 구경꾼이 넘치는 번화가이다보니 이렇게 바쁜 연말에도 개미가 달콤한 과자를 찾듯 사람들이 모여들었다. 한편에서는 땅 위에 쭈그리고 앉은 남자의 주위를 둘러싸고, 한편으로는 부인의 좌우를 따르면서 구경하려고 몰려들었다. 부인은 걸어가면서 머리에 쓴 베일을 벗었다. 윤이 나는 팥빛 홀치기염색의 비단 댕기를 한 마루와게(결혼한 여자가 뒤를 둥글게 말아올린 머리) 뒤에 대모갑에 금칠보를 한 옥비녀와 옻칠 바탕에 금은박으로 무늬를 돋보이게 한 반월빗을 꽂고 어찌할 바 모르는 애처로운 모습은 폭풍우에 스러지는 연약한 꽃처럼 아름다워 저도 모르게 모두들 숨을 죽이며 놀라는 눈치였다. 사람들이 많은 이런 장소에서 베일을 벗은 그녀의 부끄러움과 안타까움은 어떠했을까. 그녀는 부끄러움에 발갛게 달아오른 얼굴을 둘 곳이 없다는 듯 많은 사람들이 빙 둘러싸 울타리가 처진 곳으로 재빨리 걸어갔다. 모자도 철편도 가슴에 안았던 책도 왜나막신 한 짝마저도 내던져진 가운데 취객은 절반쯤 몸을 일으켜 피가 흐르는 오른쪽 광대뼈를 손바닥으로 가린 채 다가오는 부인을 흘끗 쳐다보았다. 그녀는 그의 앞에서 부끄러워하는 기색도 없이 먼저 가볍게 인사하더니 말했다.

"정말 엄청난 실수를 저질러 뭐라 말씀드려야 좋을지, 정말 죄송합니다. 어머나 얼굴을! 눈을 다치셨나요?"

"아니에요. 대단한 건 아닙니다."

"천만다행이에요. 어디 아프신 곳은 없나요?"

일어나지 못하고 있는 모습을 보고 부인은 더욱 걱정했다.

인력거꾼은 몇 번이나 허리를 굽히면서 주인 뒤에서 앞으로 나오더니 말했다.

"나리 정말로 변명의 여지가 없습니다. 용서해주십시오."

눈을 그쪽으로 돌린 취객은 화를 내지는 않았지만 엄숙한 어조로 말했다.

"네놈은 잘못했다고 생각했으면서 어찌 바로 수레를 멈추지 않았느냐. 도망치려 했기 때문에 불러서 멈춘게 아니냐. 네놈의 무분별한 처사로 주인까지 창피를 당하는 것이 아니냐."

"죄송합니다."

"부디 용서해 주십시오."

주인 역시 다시 허리를 숙이면서 옆에서 말을 거들자 그도 가볍게 고개를 끄덕이며 말했다.

"앞으로 조심하시게."

"네. 네."

"어서 가, 어서"

그는 천천히 일어서려고 했다. 주인과 인력거꾼의 기쁨과는 달리 구경꾼들은 막이 열리지 않은 신파극을 보듯 너무도 시시하게 끝나버린 것을 아쉬워했다. 벌써 바쁜 걸음을 돌리는 자도 많았지만 아직 무슨 일이 생길 것 같은 모습에 아쉬워하며 자리를 떠나지 못하는 사람들도 있었다.

인력거꾼이 뜻대로 일어날 수 없는 취객을 도와 신발을 주워주고 철편도 들려주자 주인은 모자를 깨끗이 털고 책을 집어들어 돌려주고는 머리에 쓰던 베일을 인력거꾼에게 전하며 공손하게 외투와 하의에 묻은 흙을 털게 하였다. 용서해주었지만 죄는 사라지지 않는 것처럼 취객의 얼굴에는 찰과상이 뚜렷이 남았다. 생각해보니 마땅히 상대방에게 해야 할 것을 하지 않고 점잔빼고 있는 것이 아닌가 하는 반성도 들었지만 부인의 애처로운 얼굴을 못본체 할 수 없었다. 그러다 그녀를 애처롭게 바라보던 눈매가 점차 날카로워지더니 한편으로는 의심하고 한편으로는 수상히 여기면서 남모르게 지그시 주시했다. 취객은 무언가 난처한 듯 잠시 멈춰서 있더니 이내 오래 있는 것은 헛된 짓이라는 듯이 비틀거리며 발걸음을 옮겼다.

어쨌든 부인은 자기 앞으로 그를 지나가게 하다가 무슨 생각이 났는지 갑자기 쫓아가서 다시 불러 세웠다. 얼굴을 돌린 취객은 몽롱한 눈을 똑바로 뜨더니 자기를 부른 건지 다른 사람을 부른 건지 어리둥절해하며 아무 말도 하지 않았다.

"혹시 잘못 보았다면 용서해주십시오. 아라오(荒尾) 씨 아니신가요?"
"네?"
그는 자기도 모르게 몸을 돌려 꽂아 세운 철편에 기대면서 이게 꿈인가, 번뇌에서 생기는 망상일까 하고 부인의 모습을 제대로 보려 해도 취해서 몽롱하게 보일 뿐 더욱더 의문이 풀리지 않아 답답할 뿐이었다.

"아라오 씨군요!"

"네. 아라오입니다. 아라오입니다."

"저 하자마 간이치(間貫一)를 아시나요?"

"아, 하자마 간이치. 옛 친구입니다만"

"저는 시기자와(鴫沢)의 미야(宮)입니다."

"뭐라구요. 시기자와…… 시기자와…… 미야라고요?"

"네, 하자마 씨가 있던 집의 시기자와."

"아, 미야 씨!"

기이한 우연에 놀란 나머지 그는 갑자기 취기가 절반쯤 가셨다. 그리고 조금이나마 옛모습을 어디서 찾을까 하고 그녀를 쳐다볼 수밖에 없었다.

"오래만이네요."

미야는 기쁜 마음에 바싹 다가섰다.

이제는 아름다운 수레의 주인이나 길가의 취객으로서가 아니라 서로 자기 이름을 알려주었을 때 그들은 어떤 생각을 했을까. 간이치가 시기자와의 집에서 살던 때 아라오는 그의 형이나 친구처럼 다정했던 분, 자기 몸처럼 그를 아껴주던 분이 아니었던가. 그 당시 그들은 자기들의 삶에 다소의 변화가 있으리라는 것은 각오했지만 오늘의 이런 만남은 예상하지 못했다. 설령 이렇게 만나는 일이 있다 해도 형제자매처럼 친숙했던 사이가 낡은 옷을 펄럭이는 취객과 인력거에 탄 귀부인이라는 신분의 차별로 나타날 것이리라고는 꿈에도 생각하지 못했다. 생각치도 못한 만남이 신분의 차별로 나타나다니 대체 무슨 일이란 말인가. 그런 일이 한꺼번에 두 사람에게 일어났던 것이다. 여자의 여린 마음은 벌써 눈에 눈물을 고이게 했다.

"아주 많이 변하셨군요!"

"미야 씨도 변하셨군요!"

그리 심해 보이지 않던 얼굴의 상처에서 갑자기 피가 흘러내리자 미야는 갖고 있던 손수건을 건네주며 닦으라고 한 뒤 몹시 걱정스러운 듯 상태를 살피며 말했다.

"많이 아프시죠? 잠시 기다리세요."

그녀는 인력거꾼에게 뭐라 이르더니 그를 보냈다.

"바로 이 근처에 잘 아는 의사가 있으니 그곳으로 가시죠. 방금 인력거를 부탁했어요."

"뭘요, 그렇게까지 야단법석 떨 필요는 없습니다."

"아니에요. 아주 심해요. 게다가 술을 많이 드신 모양이니 어쨌든 인력거로 가세요."

"아니 괜찮아요. 그런데 하자마는 그 후 어떻게 됐습니까?"

미야는 가슴에 비수가 꽂히는 듯 했다.

"그 일에 대해 말씀드리고 싶은 게 많아요."

"어떻습니까? 아무 일도 없는 건가요?"

"네……."

"아무 일도 없지는 않겠죠."

살아 있다는 기분을 못 느끼며 부끄러움에 몸을 떨고 있는 미야 옆으로 인력거꾼이 길에서 손님을 기다리고 있던 그럴싸한 인력거 한

대를 끌고 왔다. 겨우 얼굴을 드니 언제 또 왔는지 군중들이 모여들었고 이를 이상하게 여긴 순경도 다가왔다.

제2장

수염이 덥수룩한 옆얼굴에 약을 붙인 아라오 조스케(荒尾讓介)는 이미 술에서 깨어나 창백한 얼굴을 하고 있었다. 밝은 램프 앞에서 주름이 사라진 하카마를 입은 채 가부좌를 하고는 진지한 표정으로 접대용 담배를 피우며 곰모피 갈개를 사이에 두고 풀이 죽어 있는 미야와 마주앉아 있었다. 이곳은 그녀가 잘 아는 의사의 안집 이층으로 다다미 열 장 크기의 서양식 방이었다. 이야기는 벌써 시작된 것 같았다.

"하자마가 자취를 감출 때 나에게 남긴 편지가 있어서 자세한 상황을 알고 있소. 그 편지를 보았을 때는 나도 무척 화가 나서 바로 당신을 만나 생각을 바꾸라고 설득해보고 그래도 듣지 않으면 더 이상 사람 취급하지 말고 분노가 사그라질 때까지 때려서 평생 결혼도 못하는 불구자로 만들어주겠다고 다짐했습니다. 하지만 하자마가 그렇게 말해도 듣지 않은 당신이 내 말을 들을 리가 있나. 또 하자마를 버린 이상 당신은 도미야마에게 팔린 물건이니 남의 물건에 상처를 입혀서는 안되겠다고도 생각했소. 하지만 정말 애가 타서 가만히 있을 수가 없더군."

미야가 두 손으로 얼굴을 꽉 누르는 한쪽 소매 끝에서 자꾸만 눈살을 찌푸리는 것이 보였다.

"미야 씨, 당신은 그런 사람이 아니라고 여겼소. 그렇게도 서로 사랑했던 하자마저 속였으니 내가 속은 것은 당연하지. 나는 당신을 원망한 것만으로는 성에 차지 않아. 하자마를 대신해서 당신을 원망하겠소. 기필코 원망하고말고. 일곱 번 환생해서라도 원한을 갚겠소. 꼭 원한을 풀겠소!"

결국 미야는 더 이상 참지 못해 울음을 터뜨렸다.

"하자마의 신세를 망친 것은 바로 당신이오. 그렇지만 하자마도 고작 여자한테 버림받았다고 해서 뜻을 꺾고 목숨을 내던진 것과 마찬가지이니 무분별한 행동에 대해선 비난받아 마땅하오. 그러나 하자마가 아무리 무분별했다 해도 당신의 죄는 여전히 당신의 죄요. 뿐만 아니라 당신이 하자마를 버렸기에 그가 오늘날과 같은 모습으로 타락했으니 당신은 여자의 정조를 지키지 못했을 뿐 아니라 남편마저 찔러 죽인……"

미야는 소름이 끼쳐 쳐다보았지만 간이치의 원한까지 담은 듯한 아라오의 매서운 눈초리 앞에서 몸둘 바를 모른 채 움츠리고만 있었다.

"남편을 찔러 죽인 여자와 똑같지. 그렇게 생각하지 않소? 당신이 뉘우치는 것은 당연하오. 사람이라면 마땅히 회개해야지. 하지만 유감스럽게도 이미 때가 늦었소. 하자마의 타락은 하자마 자신의 죽음과 다름없소. 당신은 결혼한 지 벌써 6년, 그래요 엎질러진 물이지요. 그릇도 깨져버렸소. 이렇게 된 이상 신의 힘도 거기까지는 미치지 못하오. 정말 안됐다는 생각이 들지만 역시 당신이 자초한 죄의 응보로 이렇게 되는 게 당연한 것이 아니겠소?"

미야는 고개를 숙인 채 흐느껴 울 뿐이었다.

아아, 나의 죄! 설마했던 한때의 나의 죄! 그 죄의 깊이는 그 사람이 아닌 다른 사람마저도 나를 이토록 미워하고 원망하게 하는 것인가. 어쨌든 반드시 뼈저리게 느낄 날이 있을 거라고 말했던 그 사람이 어찌 내 죄를 용서하겠는가. 아아, 내 죄는 결코 용서받지 못하겠구나. 내 연인을 다시는 못보는 것인가.

미야는 가슴이 미어지면서 눈물이 쏟아지는 통에 살아 있다는 기분마저 들지 않았다.

이익을 좇아 사랑을 팽개친 여자, 그렇게 생각하며 증오심에 불타던 아라오도 자기 눈앞에서 진심으로 뉘우치는 그녀의 모습을 보고는 마음이 흔들렸다. 미야는 끝끝내 얼굴을 들지 못했다.

"하지만 잘 뉘우쳤소. 하자마가 용서하지 않아도 또 내가 용서하지 않아도 당신은 그 뉘우침을 통해 스스로 용서받은 거요."

그런 위로의 말은 소용없다는 듯이 미야는 엎드린 채 머리를 저으며 한층 더 울기 시작했다.

"스스로 용서하는 것이 어느 누구로부터 용서받지 못한 것보다는 낫지 않소. 또 스스로 용서한다는 것은 결국 남들로부터 용서받을 수 있다는 증거가 되는 거요. 나는 아직도 도저히 용서할 수 없을 정도로 당신을 원망하오. 원망은 하지만 당신의 지금 심정은 충분히 이해할 수 있소. 그러나 누군가를 더 불쌍히 여겨야 한다면, 나는 하자마의 원통함은 대체 어떠했을까, 그래요, 그것을 생각했소. 그것을 생각하면 당신의 고통을 방관하는 수밖에 없소. 오늘 우린 이렇게 우연히 만나게 되었소. 내가 여인 중에 평생 친구로 삼으려 했던 사람은 그 이전에도 이후에도 당신뿐이오. 아니 여러 가지로 신세도 많이 졌지. 고맙게 여긴 적도 한두 번이 아니었소. 그런 사람을 몇 년 만에 만났으니 나도 정말로 반갑소."

미야는 울음이 솟구치는 것을 억누르며 젖은 소매로 얼굴을 감쌌다.

"하지만 당신이 유부녀가 하는 마루와게 머리 모양에 화려한 옷차림으로 나타났을 때는 결코 사랑스럽지 않았소. 당신이 이야기를 나누자는 말에 그래 그렇게나 하자마를 속였던 당신이 이제는 나를 또 얼마나 속일까, 그것을 들은 뒤 오늘은 정말 박살을 내놓고 말겠다하고 기다렸던 거요. 그러나 당신은 뉘우쳤지요. 나는 은근히 기뻐하면서 듣고 있었소. 오늘의 당신은 역시 나의 친구 미야 씨였소. 정말 잘 뉘우쳤소! 그렇지 않으면 당신 얼굴에 내 열 배의 상처를 입히지 않고는 돌려보내지 않을 작정이었소. 이봐요, 스스로 용서하는 것이 남들로부터 용서받는 것의 시작이라고도 합니다. 알겠소? 하자마에게 잘 말해달라고, 사죄를 해달라는 부탁은 받아들일 수 없소. 하자마에게 내가 그런 말을 할 수도 없고 당신에게 죄가 있다는 것을 알면서도 그런 부탁을 받을 내가 아니기 때문이오. 또 내가 하자마라면 결코 당신의 죄를 용서하지 않을 것이오. 이렇게 친구의 원수를 만났는데 조용히 헤어지는 것만 해도 아라오가 당신에게 베푸는 하찮은 정으로 여기시오. 아니, 오랜만에 모처럼 만났는데 듣기 싫은 소리만 했군. 그럼 안녕히 가시오. 이만 실례하겠소이다."

이렇게 가볍게 인사한 뒤 아라오가 일어서려 할 때였다.

"잠깐만요, 부탁이에요."

미야는 금방이라도 울음을 터뜨릴 듯한 얼굴을 들어 눈물을 닦고는 말했다.

"더 이상 아무리 부탁드려도 당신은 사죄 말씀을 전해주시지 않겠다는 말씀인가요? 그리고 당신도 저를 용서하지 않으시겠다는 건가요?"

"그렇소."

아라오는 급히 일어나려고 했다.

"잠시만 더 계셔요. 곧 식사를 가져올 겁니다."

"아니. 밥은 괜찮소."

"저는 아직 말씀드릴 게 있어요. 아라오 씨, 부탁입니다. 앉아 주세요."

"당신이 아무리 그래봤자 이미 지나간 일이 아닙니까?"

"그렇게 말씀하시지 말고…… 조금은 제 심정도 헤아려주세요."

아라오는 화롯가에서 한쪽 손을 쬐며 눈을 다른 곳으로 돌리고는 대답하지 않았다.

"아라오 씨, 도저히 제 부탁을 들어주실 수 없다는 것을 알았으니 저는 체념하겠어요. 간이치 씨에게 사죄의 말을 전해달라는 부탁은 드리지 않겠습니다. 또 당신에게 용서해달라고 부탁드리지도 않겠어요."

순간 아라오의 시선이 방향을 바꾸어 미야의 얼굴을 스쳐갔다.

"딱 한번 간이치 씨를 만나 그의 앞에서 제가 얼마나 잘못했는가를 사죄하고 싶습니다. 그분 앞에서 사죄만 할 수 있다면 저는 숙원을 이루는 것입니다. 처음부터 용서를 받으려는 생각은 없어요. 간이치 씨가 용서해준다 해도 어차피 저는 특별히 바라는 것이 없습니다. 용서해주시지 않아도 상관없습니다. 저는 이미 각오를 하고……"

미야는 괴로운 듯 눈물을 삼키며 말했다.

"그러니 부탁입니다. 저를 그분께 데려다주십시오. 당신과 함께 가면 간이치 씨는 꼭 만나주실 겁니다. 만나만 주신다면 저는 죽는 한이 있어도 좋아요. 당신과 둘이서 저를 실컷 나무라시고 간이치 씨 손에 죽게 해주십시오. 저는 그분 손에 죽고 싶습니다."

머리에 서리를 인 소나무처럼 완고하게 움직이지 않았던 아라오도 감동하여 긴 수염을 흔들며 고개를 끄덕였다.

"음 재밌군요! 만나서 하자마의 손에 죽고 싶다라. 미야 씨, 옳은 말이오. 그렇게 되어야 하죠. 하지만 말이오, 당신은 지금 도미야마의 부인, 다다쓰구(唯継)라는 남편이 있는 몸이오. 함부로 경솔한 짓을 해선 안됩니다."

"저는 괜찮아요!"

"안돼요. 그건 안됩니다. 하자마의 손에 죽어도 좋다는 그 뉘우침은 좋지만 그러면 당신은 하자마만 알고 남편이 있다는 것은 생각지 않는 거요. 남편은 어쩌려는 겁니까? 아내의 도리에 어긋나는 일이 아닐까요? 그것도 생각해야지요. 그러고 보니 처음에는 도미야마를 위해 하자마를 기만하고 지금 다시 하자마를 위해 도미야마를 기만하고 있소. 한 사람도 아닌 두 사람을 기만하고 있는 거요. 한편으론 뉘우치면서 그것으로 인해 또 한쪽에 죄를 지으면 모처럼의 뉘우침은 아무 소용없는 것이 되는 거요."

"그런 것은 상관없어요!"

미야는 강하게 입술을 깨물고는 자제력을 잃은 듯 거칠게 말했다.

"상관없다니, 무슨 말이오."

"아니에요. 상관없습니다!"

"그건 안돼!"

"저는 이제 그런 것은 상관없어요. 저야 어찌되었건 이미 버려진 몸이지만, 딱 한번 간이치 씨를 만나서 제 마음이 후련해질 때까지 사죄만 할 수 있다면 그 자리에서 죽는다 해도 여한이 없으니 도미야마의 사정 같은 것은……. 차라리 그렇게 죽어버리고 싶습니다."

"이렇게나 생각이 없는 사람에게 도움을 줄 수는 없다는 말이오. 당신은 바로 그런 못된 생각 때문에 처음부터 하자마를 버린 것이오. 괘씸하구려! 한 남자의 아내로서 남편을 기만하고, 그래도 괜찮다니 그런 말이 어디 있소. 당신이 그렇게 말도 안되는 생각을 하고 있는 걸 보니 나는 오히려 도미야마가 불쌍하다는 생각이 듭니다. 당신 같이 부정불의(不貞不義)한 아내를 가진 도미야마 그 사람의 불행을 가엾게 여겨야겠소. 정말로 가엾소. 난 당신보다는 도미야마를 동정하오. 더욱더 미워해야할 것은 당신이구려."

어찌할 바를 모르는 미야의 눈은 타는 듯이 빛났다.

"그렇게 말씀하시니 저는 어떻게 뉘우치면 좋을까요. 아라오 씨, 부탁입니다. 저를 구해주신다는 생각으로 가르쳐주십시오."

"나는 가르쳐줄 수 없소. 당신이 어떻게 잘 생각해보시오."

"삼사년 전부터 저는 하루에도 몇 번이나 그 일을 생각하지 않은 날이 없습니다. 그로 인해 언제나 병을 앓고 있는 기분이어서 정말이지 차라리 죽어버리자고 생각하면서도 한 번, 네, 꼭 한 번만이라도 좋으니 간이치 씨를 만나지 않고는 죽으려 해도 죽을 수 없었습니다."

"그냥 잘 생각해보시오."

"아라오 씨, 정말 너무하시는군요."

혼자서는 견디기 힘든 슬픔이었는지 미야는 아라오의 소맷자락을 붙들고 울기 시작했다. 너무나 절실해 보여서 아라오도 그 손을 차마 뿌리치지 못했다. 자기 일은 아니지만 슬픔이 전해져 가슴이 메어오자 미야의 여윈 모습을 뚫어지게 바라볼 뿐이었다.

"아라오 씨, 이렇게까지 뉘우치고 있지 않습니까. 예전에 알던 미야라고 여기시고 힘이 되어주십시오. 부탁합니다. 아라오 씨, 부디 가르쳐주세요."

울먹이는 그녀의 말은 무슨 말인지 잘 들리지 않았고, 계단 아래에서는 밥상을 갖고 오는 소리가 들렸다.

사람이 들어와 저녁상을 차리기 시작하자 잠시 마음을 달랜 두 사람은 말할 수 없이 괴로운 적막 속에서 서로 마주보았다. 아라오가 비로소 크게 기침을 했다.

"당신의 말은 충분히 알고 있소. 결코 무리한 말은 아니라고 생각하오. 어떻게든 당신에게 가르쳐주고 싶소. 하지만 가르쳐줄 수 없는 것이, 내가 당신이라면 이렇게 하지 않을까하는 생각이 들어서……. 아니 그건 말할 수 없소. 말해서 좋은 일이라면 말하겠지만 남에게 말할 것이 못되오. 하물며 가르쳐줄 것도 못되오. 다만 나 혼자 마음속으로 생각했을 뿐, 요컨대 아라오의 공상에 지나지 않는 것이니 공상을 가르쳐서 남을 그르치게 해서는 안 될 일이오. 나는 아무 말도 안 한 것이 아니라 실제로 말을 할 수 없는 것이오. 하지만 더 잘 생각해보고 당신에게 가르쳐줄 방법을 찾게 되면 다시 만나 알려드리겠소. 기회가 있으면 다시 만나기로 합시다. 아, 내 주소말이오? 주소는 말하지 않는 것이 좋겠소. 어부의 자식이라 사는 집도 정하지 않았소. 아, 그렇군요. 이런 꼴을 하고 있어서 놀랐나요? 그렇겠지. 내가 생각해도 어이가 없지만 어쩔 수 없소. 내 신상에 대해서는 여러 가지 사정이 있소. 그것도 말해주고 싶지만 다음 기회에.

술을 너무 많이 마시지 말라고요? 아아, 오늘처럼 취하는 일은 드뭅니다.

면목이 없군요. 날 생각해서 해주는 충고이니 앞으로는 주의하겠소.

힘이 되어달라고 하지만 도의상 나는 당신에게 힘이 되어 줄 수 없지 않습니까? 당신의 심정도 들었으니 적은 되지 않겠소. 하지만 힘이 될 수는 없습니다.

하자마도 그 이후로는 만나지 못했소. 한번 만나서 물어볼 것도, 얘기하고 싶은 것도 많지만 찾아가지 않았거든. 더욱이 아무 의미가 없는 일이니까. 그래요, 한번쯤 찾아가보겠소. 내일 찾아가달라고? 그렇게는 안됩니다. 꼴은 이래봬도 아주 바쁜 몸이오. 아아, 당신도 이 세상이 싫단 말이오? 나도 마찬가지요. 세상사란 한 가지가 잘못되면 만사가 귀찮아져서 나도 지금 상태에서는 사는 보람을 느끼지 못하지만 이대로 헛되이 죽는 것도 억울하고 분해서 그냥 그러려니 생각하고 살고 있소. 고통스럽게 사는 것보다 죽는 쪽이 물론 낫겠지. 왜 목숨이 아까울까 생각해보지만 도저히 알 수가 없구려.”

얘기를 하면서 그는 식사를 끝냈다.

“아, 당신이 이렇게 식사 시중을 들어주는 것도 이게 몇 년 만이지? 그리고보면 하자마도 잘 먹었는데 말이오.”

미야는 눈물을 머금으며 훌쩍거렸다. 끝없이 이어지는 슬픔을 계속 보고 있을 수는 없다는 듯 아라오는 갑자기 차림새를 가다듬고 말했다.

“괜히 폐만 끼쳤구려. 그럼 미야 씨, 저는 이만.”

“아니, 아라오 씨, 저기……”

벌써 그는 일어섰다. 미야는 그 앞을 가로막고 선 채 울었다.

“저는 어떻게 하면 좋을까요.”

“각오하기 나름 아니겠소.”

아라오가 처음으로 뭔가 가르쳐주듯 말을 내뱉고는 문을 열고 나가려하자 그녀는 더욱더 매달리며 말했다.

“각오라니요?”

“말 그대로입니다.”

미야는 재빨리 객실을 빠져나가는 아라오를 배웅도 하지 않은 채 쓸쓸히 벽을 바라보고 앉아 꿈쩍도 하지 않았다.

제3장

대문에 걸어놓은 새해 장식용 소나무를 치운 지 칠팔일이 지났지만 여전히 새해 기분이 가시지 않은 도미야마 다다쓰구는 오늘도 내일도 갈 곳을 찾아 밤낮없이 돌아다니고 있었다. 미야는 조금도 이를 책망하지 않았다. 나가는 것도 들어오는 것도 다만 그가 하는 대로 내버려두고 마치 여관 주인이 하듯이 형식적인 인사를 소홀히 하지 않을 뿐이었다.

남편에 대한 이런 태도는 이삼년 전부터 한결같았다. 그녀의 성격이 원래 그렇다고 생각해서인지 아니면 병약한 몸을 생각해서인지 남편 역시 아무런 타박도 하지 않았다. 그러나 다다쓰구의 행실도 점점 달라져 도박에 손을 대는 일이 잦아졌다. 얕은 여울의 물결 정도로 생각하던 것이 순식간에 강바닥 깊은 곳에 술술 빠지듯 도박에 빠져가도 미야는 여전히 내버려두고 책망하지 않았다. 부부라고는 하지만 이 남자가 무슨 짓을 하든 될 대로 되라고 책망도 하지 않고 속편하게 살아갈 뿐이었다.

이런 상황에서도 다다쓰구는 여전히 아내를 아꼈다. 끊임없는 괴로움에 까칠해진 미야였지만 결코 아름다운 모습은 잃지 않았다. 그녀가 그 아름다움을 잃지 않는 한 남편의 사랑은 식지 않을 것이다. 애초 이곳에 시집 올 때 조금도 애정이 없었던 미야는 이제 애정이 없는 것을 넘어 은근히 다다쓰구를 미워하고 있었다. 따라서 그도 점점 가정이 재미없어져 밖으로 나가서 괴로움을 해소시키는데 바빴던 것이다. 그러나 그가 잊지 않고 보금자리로 돌아오게 되는 것은 아직 아름다운 아내의 얼굴을 보고 싶기 때문이다. 그러다가도 그녀의 얼굴을 보면 아무 즐거움 없는 이 가정이 마치 온기가 사라진 난로와 같다는 느낌이 들었다. 그는 가정에서 추위가 느껴지면 집에서 뛰쳐나가버렸다. 나가서는 돈으로 위세를 부리며 기녀의 미태를 사서 한때의 욕구를 채웠다. 즐거움도 모르면서 즐거워하고 괴로움도 모르면서 괴로워했다. 가정에서는 미야의 허무한 미색에 빠져 아름다운 유녀를 기적(妓籍)에서 빼어 처첩으로 삼은 것처럼 바라보고, 밖으로는 여기저기 밤낮으로 돌아다니며 세상을 떠들썩하게 하니, 다다쓰구는 스스로 자신이 당대에 보기 드문 신사라 여겼다.

그의 아내는 보기도 싫은 남편이 곁에 있는 괴로움을 잠시라도 잊기 위해 그의 잦은 외출을 본체만체했다. 아내가 열 번에 단 한 번도 안색이 변하거나 화를 내는 일이 없자 남편은 현처를 얻었다며 기뻐하면서도 집안에서는 당연히 그래야한다며 대수롭지 않게 여겼다. 남편 혼자만이 아니라 본가의 양친을 위시하여 친지에 이르기까지 대체로 그녀가 병약한 점을 가엾게 여기며 정숙한 며느리라고 칭찬이 자자했다. 실제로 그녀는 모씨의 아내처럼 집을 비우고 돌아다니는 일이 없었고 모 부인처럼 방자하지도 않았으며 아무개처럼 화려하게 차려입기를 좋아하지 않았다. 더구나 그들보다 재능과 용모가 뛰어나면서도 항상 집에 있으면서 남편 시중 드는 일외에는 하는 것이 없으니 다들 기특하고도 애처롭게 여겼다. 그러나 아무도 미야가 숨기고 있는 비밀을 아는 사람은 없었다. 전혀 남에게 내색도 하지 않는 데다 남편에게 시중드는 일도 척척 잘해 내 가식적으로 보이지 않았다. 남의 동정을 받는 일이 그녀 자신으로서는 더없이 다행스런 일이었지만 혼자만의 생각을 풀어낼 길이 없어 고통스러운 나날은 계속해서 이어졌다.

열아홉에 연인을 버린 미야는 어제를 꿈꾸고 오늘을 한탄하면서 그날그날을 그럭저럭 지내다가 스물다섯의 봄을 맞이했다. 봄이 가져온 것은 후회, 실망, 번뇌 그리고 그녀의 몸을 눈에 띄게 늙게 하는 나이였다. 그녀는 스스로 용서받지 못한 죄인과 같은 신세라 여겼기에 새해가 시작되면 한층 더 괴로웠다. 설날인데 계속 누워만 있을 병도 아니어서 내키지 않았지만 자리에서 일어났다. 꾸미는 것을 좋아하는 남편의 권유에 따라 본의 아닌 치장을 하지만 남편이 아름답다고 바라보는 모습이 한심스러운데다 기분까지 울적해서인지 더 한층 한심한 마음에 남편을 원망하며 슬퍼했다.

미야는 곧 외출하려는 남편이 추위를 견디기 위해 포도주를 마실 때 긴 화로 앞에서 시중을 들었다. 품위 있어 보이는 매화가지가 그림자를 길게 드리우고 있었다. 남쪽 툇마루의 장지문까지 올라온 햇살은 객실 상부의 긴 찬장에 자리잡고 있는 대여섯 송이의 미나리아재비 꽃잎을 한층 빛내주었다. 다다쓰구는 빛이라도 나올 듯이 눈부신 세겹의 옷을 새로 차려 입고는 프랑스 리옹에서 수입한 진기한 하얀 비단 목도리를 오른손에 단정히 들고 왼손으로는 미야의 술잔을 받으며 말했다.

"아, 서투르군…… 아아 흘러요, 흘러! 당신 술 따르는 솜씨는 정말 형편없군. 이러니 밖에서 마실 생각이 난다는 거요."

"그럼 자주 다니세요."

"그래도 괜찮아? 괜찮은 거지? 그래 좋아. 오늘밤은 늦을 거요."

"몇 시경에 들어오시는데요?"

"늦을 거요."

"하지만 대충 시간을 정해주셔야지, 기다리고 있는 사람은 힘들어요."

"늦을 거요."

"열 시면 모두 잠자리에 드는데요."

"늦을 거요."

다시 말하는 것도 귀찮아서 미야는 입을 다물었다.

"늦을 거요."

"……."

"깜짝 놀랄 정도로 늦을 거요."

"……."

"이봐, 잠깐."

"……."

"이런, 당신 화났소?"

"……."

"그렇게 화낼 건 없잖아? 이봐."

그는 계속해서 미야의 소매를 끌어당겼다.

"왜 이러시는 거예요?"

"대꾸를 하지 않으니까 그러지"

"늦으시겠다는 것은 알겠어요."

"실은 늦지 않을 거요. 그러니 기분 풀어요."

"늦으시겠다면 그래도 괜찮습니다……"

"늦지 않겠다고 했잖소. 당신은 요즘 금방 화를 내고 마는데 왜 그러는 거지?"

"한편으로는 병 탓이겠지만"

"한편으로는 내 바람기 때문인가. 어이가 없군 그래."

"……."

"당신 한잔 안하겠소?

"저는 됐어요."

"그럼 내가 절반쯤 거들어줄 테니."

"아니에요. 됐어요."

"자, 그렇게 말하지 말고 조금 따르는 시늉이라도."

"마시고 싶지도 않은 걸 당신은."

"그래 됐어. 대신 술 따르는 법은 말이야 이렇게 아이코(愛子) 식으로 말이오."

기녀의 이름을 들은 미야가 뭐라고 할까 하고 다다쓰구는 은근히 즐거워하며 곁눈질로 그녀의 얼굴을 쳐다보았다.

미야는 못들은 체하고는 술 한 모금을 입에 머금고 눈살을 찌푸렸을 뿐이었다.

"벌써 못하겠다고? 그럼 이리 줘요."

"미안해요."

"여기다 다시 한잔 따라 봐요."

"여보, 열 시가 넘었어요. 빨리 서두르셔야겠어요."

"괜찮아요. 요 이삼일은 내가 별로 할 일도 없으니. 그런데 실은 오늘 조금 늦어질 거요."

"그래요?"

"늦는다 해서 이상할 것은 없어요. 이번 이십팔일에 기예 발표회가 있지 않소. 그래서 오늘 5시부터 이토가와(糸川)에 모여서 예행 연습을 하는 거요. 나는 거 내가 잘 하는 거 있잖아*. 양친의 권유대로 나니와 포구에서 배를 타고 떠나 몸을 바친 괴로운 나날들 울며……."

미야는 귀찮다는 듯이 한눈을 팔고 있는데 신명이 난 다다쓰구는 더욱더 목소리를 높여 계속했다.

"가끔 만나~면서 무정한 광풍에 서로 헤어지고 에에에에 쓴쓴텟텟톤 고향으로 돌아가니 아아아, 아버지와 어머니는 뜻밖에도 남편감을 정해놓고……."

"여보, 이제 그만하세요."

---

* 이하 다다쓰구가 연습하는 부분은 조루리 『아사가오 일기(朝顔日記)』 중 「야도야의 단(宿屋の段)」에 등장하는 구절. 〈親々に誘はれ 難波の浦を船出して 身を尽くしたる 憂き思い 泣いて明石の風待ちに たまたま逢ひは逢ひながら 無常なき嵐に吹き分けられ 国へ帰れば父母の 思ひも寄らぬ夫定め〉

"좀 더 들어봐요. 지켰던 절개를 어기고⋯⋯"

"나중에 천천히 들을게요. 빨리 서두르셔야해요."

"하지만 꽤 잘하지? 들을 만하지 않아요?"

"저는 잘 모르겠네요."

"아니 이걸 모르겠다니 한심하군. 좀 알려 줄까요?"

"몰라도 돼요."

"아니지. 조루리를 모르는 그런 머리는 아무 쓸모가 없어. 당신은 도대체가 무관심하고 이해하려 하지 않으니 그래서 조루리 같은 것도 좋아하지 않는 거요. 아무래도 그런 것 같아."

"그렇지 않아요."

"아니야 그래. 당신은 도대체가 냉담하다니까."

"네. 잘 알겠어요."

"뭘 알겠다는 거요?"

"아이코는 어때요?"

"아이코? 그 사람은 이렇게 냉담하지 않지."

"네 잘 알겠어요."

"뭘 알겠다는 거요?"

"알겠다고요."

"전혀 모르겠는걸."

"어쨌든 됐으니, 어서 가보세요. 그리고 빨리 좀 들어오세요."

"오오, 황송하군. 냉담하지 않아. 그럼 빨리 돌아오지. 당신 기다리는 건가?"

"저는 언제나 기다리고 있잖아요."

"이건 냉담하지 않군!"

겨우 다다쓰구가 일어나자 미야는 외투를 걸쳐주고는 우선 그에게 악수를 청했다. 이것이 결코 미야가 냉담하지 않다는 것을 증명하는 것은 아니었다. 남편이 드나들 때마다 악수하는 이유는 사실 남편이 처음부터 가르쳐서 길들인 것이기 때문이다.

제3장 2

남편을 현관까지 배웅한 미야는 그대로 얼음 움막에 들어가듯 힘없이 걸음을 옮겨 거실로 돌아갔다. 그녀는 남편과 같이 있는 것이 정말 귀찮았지만 혼자 이 집에 있는 것 역시 견딜 수 없이 울적했다. 부인의 역할을 다하고 있는 것은 아니지만 남편 앞에서는 오기도 생겨 그때그때 적당히 행동했다. 하지만 마음대로 할 수 있는 자기 혼자가 될 때면 갑자기 온몸이 나른하고 피로해지며 마음까지 심란해졌다.

화로로 다가간 미야는 아무리 생각하고 또 생각해도 마음속에서 슬픔과 괴로움이 사라지지 않았다. 이내 밝아지지 않은 어둠 속에서 방황하는 듯한 비애감 때문에 가만히 있을 수도 없어 몸을 일으키고는 장지문 밖 툇마루로 나갔다.

맑게 갠 푸른 하늘 저 멀리 연 서너 개가 날고, 바라다보이는 뜰에는 밝은 햇빛만 눈부시게 빛날 뿐이었다. 우듬지에서 사납게 울어대던 직박구리가 떠나간 뒤에는 멀리 떨어져 있는 이웃에서 따가닥따가닥 하고 하네쓰키(羽子突, 새의 깃털을 꽂은 놀이기구) 치는 소리가 들려왔다. 이곳 툇마루는 좀처럼 추위를 견디고 있을 만한 곳은 못되지만 그래도 그녀는 잠깐 있다가 다시 하늘을 쳐다보고 황량한 뜰을 쳐다보고 똑같은 햇빛을 쳐다보고 똑같은 하네쓰키 소리를 들으며 억누를 길 없는 괴로움으로 인해 다시금 거실로 들어갔다. 그러나 거기서도 그대로 있지 못하고 서재를 지나 침실로 들어갔다. 들어가자마자 미야는 침대에 몸을 내던지고는 엎드려 버렸다.

미야의 모습은 눈처럼 하얀 침대 위에 차곡차곡 걸쳐진 몇 겹의 비단옷과 아름다움을 다투는 듯 했다. 커튼을 통해 들어온 햇빛이 엎드린 미야의 모습을 비추었으나 그녀의 정처없는 눈물을 비추지는 못했다. 그녀는 정신을 잃고 힘이 빠져 숨을 거둘 듯한 모습으로 그저 팔베개를 한 채 힘없이 눈을 크게 뜨고 있었다. 결국 한숨을 쉬고는 눈을 감으며 한쪽 팔베개에 지친 얼굴을 괴로운 듯 숙였다. 옷자락에 느껴지는 추위에 몸을 움직여보지만 끝없는 절망의 구렁텅이에서 빠져나올 수는 없었다. 구석 선반의 자명종이 마침 초읽기를 마쳤다. 점점 더 조용해지고 밝아진 침실 안에는 공허한 시간만이 지나갔다. 처마 근처에서 날아가는 새의 그림자가 엎드려 있는 미야의 어깨를 스쳐갔다.

얼마쯤 있다가 그녀는 침대에서 일어나 헝클어진 머리를 기울이며 커튼 틈새로 눈을 주었지만 딱히 정원을 바라본다기보다는 정처없이 방황하는 마음의 자취를 뒤쫓아갈 뿐이었다.

잠시 후 그녀는 다시 거실로 돌아가 곧바로 장롱 속에서 화려한 비단 허리띠에 숨겨둔 한통의 서신을 빼내고는 남편 서재로 가져가 책상 앞에 앉았다. 그 편지는 간이치가 쓴 것이 아니라 언젠가 미야가 그에게 보내려고 헤어진 이후 생각해둔 것을 은밀히 적어놓은 것이었다.

지난해 미야는 다즈미(田鶴見)의 저택에서 그를 본 후로 점점 견딜 수 없는 가슴 속 애달픔을 달래기 위해 글을 적었다. 그러나 당장의 견딜 수 없는 슬픔을 그에게 알리기 위해 글을 써보지만 이 편지가 과연 간이치에게 도착할 수는 있을지, 만약 그렇게 되더라도 증오와 원망 때문에 편지가 버려지면 남의 눈에 띄어 공연히 몸을 망치는 허물만 들추어내서 화를 불러들이는 결과가 되지나 않을지. 보내자니 위험하고 버리자니 아깝지만 어떻게든 되겠지하는 마음에 막연한 요행수를 믿으면서 그녀는 괴로움을 견딜 수 없을 때마다 꺼내서 마음을 옮겨 적었다. 편지를 쓰거나 고치는 와중에 자연히 그 사람을 마주하는 듯한 기분이 들었다. 그래서 그 사람을 향해 거의 다 말해버렸다는 생각에 바라던 꿈을 이룬 듯한 시원함을 느끼기도 했다. 하지만 이렇게 쓴 편지가 보내지지 않으니 재가 되거나 아무 소용 없는 휴지가 되어 그녀의 허리띠 안에 쌓여갈 뿐이었다. 무상하고도 가련하지만 미야의 습자 연습은 계속해서 이어졌다.

이와 같이 편지 쓰는 걸로 마음을 달래던 중에 아라오를 만났으니 그 기쁨은 뭐라 말할 수 없었다. 어리석게도 그를 중개인 삼아 가슴 속에 품어온 목적을 이루어보려 했으나 꼭 원수를 대하듯 편들어주지 않으니 그렇지 않아도 슬프고 안타까운 미야의 마음은 천갈래로 찢어졌다. 이제는 아무 것도 겁내지 않겠다는 각오까지 생겼다. 언제까지 이렇게 덧없이 지내야 한단 말인가. 위험을 무릅쓰더라도 어떻게든 편지를 보내야겠다는 생각이 들었다.

제일 좋은 종이와 붓, 먹을 골라 마음을 다잡고 가장 고운 글씨로 진지하게 옮겨쓰기 시작했다. 떨리는 손으로 열 줄가량 써내려가다가 쓱 찢어서 화로에 넣자 불꽃이 활활 타올랐다. 스스로 한심하다는 생각을 할 때 문이 열리고 불빛에 하인의 모습이 비쳤다. 하인은 생각에 잠긴 주인의 모습을 이상하게 여기며 말했다.

"저, 본가의 마님이 오셨습니다."

제4장

주인 부부가 함께 타 죽은 와니부치(鰐淵)의 주택은 그동안 간이치의 수고로 그 집터에 개축되었다. 와니부치 생전 때보다는 소박하고 아담하게 검소함을 추구했지만 완전히 예전 모습에서 벗어나지는 않도록 애쓴 흔적이 역력했다.

하자마 간이치라는 도자기 문패를 달고 그는 이제 이집의 주인이 되었다. 집의 상속인 다다미치(直道)는 어떻게 되었을까. 그는 처음부터 이런 불의의 재산에는 손도 대지 않겠다고 맹세하고 이를 간이치에게 주면서 바로 그것을 올바른 직업의 밑천으로 삼으라고 말했다.

다다미치는 올바른 사람이 되기를 간절히 바랐지만 현재 이 집의 주인이 된 간이치는 선대의 뜻을 뒤집지 않고 더욱더 왕성하게 그 탐욕스런 일을 해나가고 있었다. 그럼 현재 다다미치와 간이치의 관계는 어떨까. 그것을 아는 사람은 한 명도 없었다. 일반적으로 사람들의 인생 뒤에는 반드시 이와 같은 사정과 비밀이 있기 마련이지만 다행히 다른 사람들에게 알려지지 않고 대충 얼버무려 덮어지고 마는 예가 허다하다. 이대(二代) 와니부치라 할 수 있는 하자마의 집인 이것도 역시 간이치와 그 아들 외에는 전혀 아는 사람이 없었다.

지금은 와니부치 집안의 종업원이 아닌 하자마는 그 업종에서 손꼽히는 인물로 이름을 떨쳤다. 밖에서는 잘도 빌려주고 잘도 거둬들이지만 집에는 나이 지긋한 가정부를 두고 그것으로 충분하다고 여기면서 겨우 자취 아닌 가정을 꾸며 여전히 사치하지 않고 즐기지 않고 마음은 어제의 종업원으로, 모습은 실의에 빠진 서생처럼 초라한 차림으로 여전히 괴짜로 통하고 있었다.

외출하게 되면 역시 저녁 때가 되어서야 지쳐서 돌아오는 간이치는 언제나 자기집이면서도 인기척이 없는 거실에서 여행길에 나무 그늘 아래 쉬고 있는 듯한 허탈한 기분으로 앉지도 않고 유난히 무상한 저녁을 느끼며 우두커니 서 있는데 가정부가 램프를 가지고 들어왔다.

"오늘 세시쯤에 손님이 오셔서 내일 이맘때 다시 올테니 꼭 집에 계셔달라고 하셔서 존함을 여쭤봤지만 학교 친구라고 하면 된다고만 말씀하시고 돌아가셨습니다."

"학교 친구라고?"

어디서 튀어나온 누구인지 도저히 알 길이 없었다.

"어떤 모습의 사람이었소?"

"글쎄요, 마흔 살쯤 되어 보이고 수염이 덥수룩한 데다 키가 크고 얼굴이 꼭 깡패같은 풍모였습니다."

"……."

간이치는 조금이라도 집히는 데가 있을까 하고 이러저리 생각해 봤지만 좀처럼 알 수 없었다.

"그리고 꽤 거만스러웠습니다.:

"내일 세시쯤 다시 오겠다고?"

"그렇습니다."

"누굴까."

"어딘지 인상이 아주 나쁜 사람이었는데 내일 다시 오면 안으로 들어오시게 할까요?"

"용건은 말하지 않고 갔단 말이지?"

"그렇습니다."

"좋아. 만나봅시다."

"그러시겠습니까?"

일어서서 나가려던 나이든 가정부는 다시 바로 앉더니 말했다.

"그리고 무슨 일인지 곧바로 아카가시(赤樫) 씨가 오셔서."

간이치는 달갑지 않은 표정을 지었다.

"고베의 어묵을 석 장 가지고 오셨는데 아주 먹음직스러웠습니다. 게다가 후지무라의 양갱을 주셨지요. 저까지 매번 선물을 받지 뭡니까."

그는 더욱더 불쾌한 표정을 지으며 아무 대꾸도 하지 않고 듣고만 있었다.

"그리고 내일 5시경 잠깐 뵙겠다고, 그렇게 말씀드려달라고 했습니다."

그는 알았다고도 하지 않고 오히려 그만두라는 식으로 얼른 고개를 끄덕였다.

제4장2

학교 친구라고 밝힌 손님은 말한 대로 다시 찾아왔다. 간이치는 뜻밖의 대면에 놀라서 어찌할 바를 몰랐다. 귀를 막기도 전에 갑자기 천둥이 쳐서 깜짝 놀란 형국이었다. 아라오 조스케는 만지작거리고 있던 턱수염을 손에서 떼지 않은 채 옛 친구가 현재 어떻게 살고 있는지 관찰하는 데 여념이 없었다.

"거의 십년쯤 지났으니 할 얘기가 태산같이 많군. 그러나 그보다 먼저 묻고 싶은 것은 네가 오늘날까지 나 아라오를 친구로 생각하고 있는가 하는 점이야."

대답할 사람의 가슴은 아직도 제대로 말할 수 없을 정도로 혼란스러웠다.

"깊이 생각할 것 까지는 없어. 친구로 생각하고 있다면 그렇다, 아니면 그렇지 않다로 예스냐 노 가운데 하나로 대답하면 된다."

"물론 예전엔 친구였지."

그는 모호한 말투로 입을 열었다.

"그래."

"지금은 그렇지 않지만."

"왜 그렇지?"

"그 후 오륙년이나 전혀 못 만났으니까 지금은 친구라고 할 수 없겠지."

"뭐라고? 오륙년 전에는 친구라고 할 수 있었나?"

간이치는 눈을 돌린 채 그를 의아하게 바라보았다.

"그렇잖아. 학사가 될 것인가, 고리대금업자가 될 것인가 하는 신상 문제에 대해선 조금도 상의하지 않았을 뿐 아니라 그대로 자취를 감춰버렸는데 어떻게 친구란 말인가?"

그가 항상 부끄러워하고 후회하는 일에 대한 책망을 들으니 아물지 않은 상처가 터진 듯한 심정으로 가만히 앉아 아무 말도 하지 못했다.

"네 애인은 너를 배반했지만 네 친구는 결코 너를 배반하는 일은 없을 것이다. 그런 친구를 너는 왜 버렸지? 그렇게 버림받은 나지만 이렇게 다시 찾아온 것은 실은 아직도 내가 너를 버리지 않았기 때문이다."

학생이었던 아라오! 참사관이었던 아라오! 지금은 초라한 신세에 형편없는 모습이 되었지만 여전히 변하지 않은 것을 갖고 있다는 것을 안 간이치는 꿈과 같이 사라지고 떠나버린, 흔적 없는 옛날을 슬픈 심정으로 그리워했다.

"내가 버리든 안 버리든 너는 그런 거에 아픔을 느끼진 않겠지만 나는 친구의 의리로 한번쯤은 너를 버리지 않고 이렇게 찾아왔다. 그래, 오늘 하루 만나보고 단호하게 버리거나 버리지 않거나 결정하자는 생각으로 왔다. 지금은 나를 친구라고 볼 수 없다는 네 말을 듣고 보니 넌 이제 나와 친구이기를 바라지 않는 것 같구나. 그렇다면 나도 굳이 바라지 않겠다. 당당하게 나도 하자마 간이치를 버리겠다!"

간이치는 머리를 숙인 채 감히 입을 열지 못했다.

"그러나 오늘날까지 친구로 여겨온 너를 버리는 참에 이것이 영원한 이별이 되는 것이니 작별 선물로 한마디 해야겠다. 하자마, 넌 뭐 때문에 돈을 모으고 있는 거지? 네가 그렇게도 소중히 여겼던 사람을 빼앗겼다고 그것과 바꾸는 것으로 돈이라는 것을 생각해낸 건가? 그것도 좋겠지. 좋다고 해두겠다. 그렇지만 말이야. 그것을 얻기 위해 옳지 못한 일을 할 필요가 있을까? 너도 현재 괴로움을 당하고 있는 신세가 아닌가 말이야. 그런 네가 또 남을 괴롭히는 짓을 해서는 안 될 거라고 생각한다. 괴롭히는 것도, 아주 곤란한 틈을 타서 피를 쥐어짜는 것이 너의 영업, 거의 강탈하는 식으로 돈을 벌면서 오늘날 넌 그것으로 위안을 받고 있다는 것인가? 아무리 돈이 모든 힘이 될지는 몰라도 사람은 못된 짓을 하고는 한시도 편안히 지낼 수 없는 법이다. 아니면 너는 여전히 즐기며 기뻐하고 있다는 말인가? 화창한 봄날씨에 만발한 꽃을 바라보는 기분으로 재촉하러 가고 압류하고 그러는 거야? 어때, 하자마?"

그는 더욱더 입을 다물었다.

"분명 최근 몇 년간 그런 기분이 든 적은 하루도 없었을 게다. 네 안색을 보아라! 꼭 죄인이구나. 옥중에 있는 죄인 낯짝이다."

아주 딴사람처럼 변한, 초라할 만큼 야윈 그의 얼굴을 지켜보면서 조스케는 눈물이 떨어지는 것도 느끼지 못했다.

"하자마, 왜 내가 울고 있는지 넌 알기나 하나? 지금의 하자마는 알 까닭이 없겠지. 아무리 돈을 번다해도 넌 그것으로는 도저히 위안을 받을 수 없을 것이다. 병이 들었는데 독약을 마신다고 그 병이 나을까. 너는 마치 병을 낫게하지 않으려는 사람 같구나. 내 친구였던 하자마는 이런 바보가 아니었다. 아니라면 미친 것이겠지. 미쳐서 바보짓을 하고 있는 놈을 뭐라고 할 것 까진 없지만, 여자 하나 때문에 미쳐버리다니 난 친구로서 부끄러워하지 않을 수 없다. 하자마, 네가 도둑놈이라는 말을 들었다. 죄인이라는, 미친놈이라는 말을 들었다. 조금은 화를 내봐! 화를 내면서 나를 때리든 발로 차든 해보라고!"

그는 자기 혼자 말하고 분개하며 마치 자기가 자기를 때리고 걷어찰 듯이 흥분하며 어서 대답하라고 간이치를 다그쳤다.

"화는 나지 않아!"

"화가 나지 않는다고? 그럼 넌 자신을 도둑놈이나 죄인으로……"

"미친놈이라고 생각하고 있다. 여자 하나 때문에 미친 것은 너에게 실로 면목 없지만 이미 미쳐버렸으니 이제와서 뭘 어쩌겠나. 말은 고맙지만 날 이대로 내버려둬."

간이치는 겨우 이렇게 말하고는 입을 다물었다.

"그렇군. 그렇다면 너는 더러운 돈으로 위안을 얻으며 살아가고 있다는 말이군."

"아직 위안은 얻지 못했어."

"언제 위안을 얻게 되지?"

"몰라."

"그럼 너 아내는 얻었어?"

"아직."

"왜 얻지 않았지? 이렇게 집을 지니고 있으면서 독신으로는 불편할텐데."

"그렇지도 않아."

"너 지금은 그녀를 어떻게 생각하고 있는 거야?"

"그녀라니, 미야를 말하는 건가? 더러운 동물같은 여자지!"

"하지만 너도 지금은 동물이지 않은가. 고리대금업자는 사람의 마음을 갖고 있지 않아. 사람의 마음이 없으면 동물이지."

"그렇지만 세상 사람들은 거의 모두 동물 아닌가?"

"나도 동물이란 말인가?"

"......."

"하자마, 넌 그녀가 동물이 된 것이 분해서 너 역시 동물이 되었구나. 만약 그녀가 동물이 되었던 것을 뉘우치고 사람이 되었다면 동시에 너도 동물의 탈을 벗어야 할 것 같구나."

"그녀가 사람이 되었다고? 불가능한 일이다! 나는 고리를 탐내는 동물이지만 남을 기만하는 일은 하지 않아. 처음부터 고리라고 선언하면서 빌려주는 것이니 싫으면 빌리지 않으면 되는 거야. 사람을 속이면서 빌려주는 것은 아니다. 미야와 같은 동물이 어찌 다시 사람이 될 수 있겠는가."

"왜 될 수 없지?"

"어떻게 그럴 수 있지?"

"그렇다면 너는 그녀가 인간이 되지 않기를 바라는 건가?"

"바라고 바라지 않고, 그런 문제가 아니야!"

오히려 간이치가 강한 어조로 말했다.

"네가 그녀를 볼일은 없겠지만 너를 위해 말해야 할 것 같아서 말하는데, 그녀는 지금 대단히 뉘우치고 있다. 너에게 지은 죄를 후회하고 있어!"

간이치는 자기도 모르게 비웃었다. 나는 그녀를 어떻게 멸시해야만 할까. 뭐라 말할 필요도 없어서 다시 비웃고 또 비웃다가 다시금 비웃었다.

"그녀도 그렇게 뉘우치고 있으니 너도 뉘우치는 게 좋을 거야. 뉘우칠 때라고 생각한다."

"그녀가 뉘우치는 건 뉘우치는 거고 내 알 바는 아니지. 동물도 조금은 깨달은 모양이구나. 그건 좋은 거지."

"일전에 우연히 그녀를 만났다. 그때 나를 보고 눈물을 흘리면서 정말 뉘우치고 있었어. 나더러 사과해달라고 했지. 그렇게 할 수 없으면 너를 한번 만나게 해달라고 매달리며 부탁하더군. 하지만 나도 생각하는 바가 있어 거절했다. 또 네게도 그녀가 그렇게 뉘우치고 있으니 용서해주라고 권하지 않겠다. 그건 다른 문제지. 다만 내가 말하고 싶은 것은 그녀가 뉘우치며 혼자 괴로워하고 있다는 점이다. 그녀는 스스로 벌을 받고 있으니 너는 너대로 원한을 풀었으면 좋겠다고 생각했다. 그러면 너도 예전의 하자마로 돌아갈 거라는 생각이 들었기 때문이지. 넌 지금도 위안을 받고 있지 않다. 그리고 또 언제 위안을 받을지 모른다고도 했어. 하지만 말이야. 그녀가 뉘우쳤다는 말을 듣고도 위안이 되지 않는단 말이냐? 네가 요 몇 년간 번 돈, 그게 얼마나 되는지 모르지만 그 적지 않은 돈보다 그녀가 결국 뉘우쳤다는 한마디 말이 훨씬 큰 힘으로 네 마음을 위로해주리라는 생각이 드는데 어때?"

"그건 날 생각해서가 아니라 미야 자신이 고통스러워서 한 뉘우침일 거다. 미야가 지난 날의 잘못을 깨달았다고 해서 내가 잃은 것을 다시 얻을 수는 없어. 그렇다면 지금의 나는 그것으로 조금도 위안받지 못해. 가증스럽기 짝이 없다. 하지만 증오 때문에 내가 위안을 받고 있지 않다는 것은 아니며 나를 버린 원한에 대해 미야 자신에게 복수하려는 것도 결코 아니다. 동물은 원수를 갚을 가치가 없기 때문이다. 지금은 그녀가 뉘우치고 있다니 용케 뉘우쳤다고 말해주고 싶지만 그건 원래 그렇게 될 일이었어. 애당초 그런 무분별한 짓을 하지 않았다면 뉘우칠 일도 없었을텐데 - 무분별했어, 너무 무분별했어!"

그는 어두운 얼굴로 멍하니 생각에 잠겼다.

"나는 그녀에 대해서는 말하지 않겠다. 그녀가 뉘우쳤다 해서 네가 잃은 것을 다시 얻게 되는 것은 아니니까. 그래서 위로받지 못한다면 그것으로 그만이지. 넌 잃은 것을 되찾고 싶은 거겠지. 그래서 그 목적으로 돈을 벌고 있고. 이봐 그렇다면, 그 돈만 벌면 되지 그릇된 일을 계속해서 할 필요는 없잖아? 네가 뭔가를 잃었다는 것은 알고 있다. 그로 인해 즐겁지 않다는 것도 가슴 아파하고 있어. 그래서 돈의 힘으로 위안을 얻으려는 너의 생각에 동의하지 않지만 어쨌든 너에게 맡기겠다. 돈을 버는 건 좋아. 시작한 이상 큰 부자가 되어야 해. 하지만 부자가 된다는 것은 욕심껏 긁어 모으는 것이 아니야. 돈은 욕심껏 긁어모아야만 모아지는 것도 아니지. 부정한 수단을 쓰지 않아도 부자가 될 길은 얼마든지 있으니까. 네게 말하고 싶은 것도 그래, 그 목적을 바꾸라는 것이 아니야. 다만 방법을 고치라는 것이다. 길은 달라도 산봉우리에 걸린 달을 볼 수 있듯이 말이다."

"면목이 없지만 나는 아직 헛된 집착에서 깨어나지 않았으니 하자마는 미친놈이라 여기고 상관하지 말고 그냥 내버려둬."

"그래? 아무리 말해도 내 말은 귀에 들어오지 않는다 이거지?"

"용서해줘."

"뭘 용서하라는 거지? 넌 나를 버렸잖아. 나도 너를 버렸다. 용서하고 말고가 뭐 있겠어."

"오늘을 마지막으로 서로 버리고 헤어지는 마당에 나도 한 가지 물어볼 게 있다. 그건 현재의 네 신상 문제인데 어떻게 된 거지?"

"보면 알 수 있잖아."

"보기만 해서 알 수 있나?"

"가난에 찌들어 있지."

"그건 알 수 있지만."

"그것뿐이야."

"그것뿐이라니? 왜 관직도 그만두고 그렇게 가난해진 이유가 있을 텐데."

"얘기해봤자 미친놈한테는 이해가 되지 않을 거야."

아라오는 시치미를 떼며 일어서려 했다.

"이해하든 못하든 어쨌든 이야기만은 들려줘."

"그걸 들어서 뭐하려고? 아, 그래, 돈이라도 빌려주겠다는 건가? No thank다. 찢어질 듯 가난하지만 마음만은 편해서 즐겁게 살고 있다."

"그러니까 어떻게 해서 그렇게 가난해졌고 또 그것을 즐기고 있는 거지? 거기엔 어떤 사정이 있을 테니, 그걸 들려줬으면 해서."

아라오는 일부러 크게 웃었다.

"너 같은 무혈충(無血蟲)에게 말해준다 해도 뭘 알겠나? 사람 같은 말 하지 마라!"

"그렇게까지 욕을 먹어도 쏘아붙이지 못할 정도로 내 몸은 타락해 버렸다."

"당연하지."

"이렇게 타락해버린 내 몸은 이제 와서 어떻게 할 수 없다. 하지만 자네는 훌륭한 학위도 취득했고 참사관 자리에도 있었던 사람이야. 국가를 위해 유용한 그릇이라는 것은 분명한 사실이지. 그래서 나는 항상 자네의 출세를 예상하고 또 은근히 빌고 있었어. 자네는 나를 동물, 미치광이, 도둑놈이라고 하지만 난 늘 자네가 잘되길 빌었어. 시즈오카로 부임해간다는 얘길 들었을 때 너무 기쁘기도 하고 그립기도 하고 또 생각해보니 내 처지가 너무 슬퍼지기도 해서 나는 하루 종일 밥도 먹지 못했지. 그래도 오랜만에 만나서 축하의 말이라도 하고 싶었지만 도저히 만날 수 없는 내 처지여서 아쉬운 대로 자네의 출세한 모습이라도 보고 싶어서 신바시(新橋) 역으로 나갔다네. 그곳에서 자네의 훌륭한 모습을 보았을 때, 난 모든 걸 잊고 너무 기뻐서 자꾸만 눈물을 흘렸었지."

아 그랬구나 하며 아라오도 살며시 고개를 끄덕였다.

"출세한 자네 모습을 보고 그렇게 기뻐했던 내가 지금은 이렇게 초라해진 자네 모습을 본 심정이 어떨지 헤아려보게나. 내 신세는 생각하지 않고 자네에게 뭐라 말할 주제는 못되지만 나는 이미 나를 버렸네. 여자에게 기만당한 일 따위에 분개해서 신세를 망쳤다는 것을 알면서도 자신의 각오로 바로잡아 고칠 수 없는 것은 천성이 어리석고 못난 탓으로 스스로 원망할 수밖에 없으며 나는 살아 있으면서 썩은 채 이대로 끝나는 거지. 자네 친구였던 하자마 간이치는 이미 망자가 되어 버렸어. 그렇게 생각해주게. 그러니까 지금 이 말은 하자마가 하는 말이 아니라 자네 친구인 어떤 자가 자네 처지를 안타까워하면서 충고하는 것으로 들어주었으면 하네. 어떤 사정인지 자네가 말해주지 않아 모르겠지만 자네는 새로운 각오로 몸을 가다듬고 사회에 나가서 열심히 활동해주었으면 좋겠어. 자네는 그렇게 궁핍하긴 해도 결코 세상에서 버림받을 사람이 아니라는 것을 나는 알고 있으니까. 개인적으로 자기를 위해 몸을 아끼라는 말이 아니라 나라를 위해 새로이 태어나길 바라는 거야. 자네 친구인 어떤 자는 자네의 그 재능을 활용하기 위해 사회로 진출하려 한다면 최대한 도울 생각이네.”

간이치는 마치 병이 나은 듯 활기찬 얼굴로 아주 당당하게 말했다.

“음, 그러니까 너는 이렇게 형편없는 내 모습을 보고 가엾다는 말이구나.”

“나는 자네가 말한 것만큼 동물 같은 놈이 아닐세!”

“바로 그거다 하자마. 이 세상에 너 같은 고리대금업자가 있기 때문에 눈부시게 쓰여질 많은 인재가 이름을 더럽히고 잘못을 저질러 사회에서 추방되어 죽어가는 거다. 국가를 위해 달라지라고? 나 같은 놈에게 그렇게 말해주니 고맙지만 같은 식으로 너도 사회 공익을 위해 그 부정한 일을 그만두길 부탁한다. 오늘날의 인재를 망치는 것은 바로 여자와 고리대금업자일 것이다. 이렇게 형편없게 변한 내가 안 됐다는 생각이 든다면 너 때문에 고통 받고 있는 많은 인재를 더 가엾게 여겨라. 네가 사랑에 실패해서 고통을 받은 것이나 어떤 사람이 돈 때문에 고통을 받고 있는 것이나, 고통을 받는다는 점에서는 조금도 다를 게 없다. 나도 이렇게 궁핍하니 함께 걱정을 나눌 친구 한 사람쯤 있었으면 하는 생각은 간절해. 옛날의 하자마 간이치 같은 친구가 있었으면 하는 생각을 하지 않은 것은 아니다. 그런 친구가 내 처지를 걱정해주면서 사회로 진출해서 열심히 일해라. 아주 조그만 힘이라도 되겠다고 말해주면 나는 얼마나 기쁘겠냐. 세상에서 가장 기

뻐할 것은 친구, 가장 증오스런 자는 고리대금업자다. 고리대금업자
가 얼마나 지독한지 알고 있는 만큼 나는 더더욱 친구가 그립다. 그
옛날 친구가 오늘날의 고리대금업자라니 - 그 증오스런 고리대금업
자! 내가 또 무슨 말을 하겠느냐."

그는 입을 꼭 다문 채 간이치를 노려보았다.

"이런저런 자네의 충고, 정말로 고맙네. 더욱 차분히 생각해보고
이렇게 썩은 몸이라도 원래대로 깨끗하게 돌아갈 수만 있다면 더 바
랄 게 없겠지. 자네도 자네 자신을 사랑하길 바라네. 나는 자네한테
버림은 받아도 자네가 큰 인물이 되는 것을 보고 싶어. 또 반드시 큰
인물이 되어야 할 사람이 이렇듯 불우한 처지에 있다는 것은 억울하
기보다는 슬프기 짝이 없네. 내 생각은 이러니 언제 한번 자네 집으로
찾아가도 되겠나? 거처는 어딘가?"

"아니, 고리대금업자 따위의 방문은 달갑지 않아."

"그날은 친구로서 찾아가는 거야."

"고리대금업자 친구는 갖고 싶지 않아."

정숙하게 미닫이를 열고 들어오는 사람이 있어 누군가 하고 보니
미쓰에(滿枝)였다. 그녀가 어떻게 예의도 없이 이 자리에 나타나는가
하고 간이치도 놀랐지만 아라오야말로 몹시 당황했다. 그는 너무 당
황한 나머지 그 긴 수염을 심하게 비틀어 올렸다. 허둥대는 모습을 보
이는 것이 분하다는 듯 갑자기 손을 가슴 높이로 올려 팔짱을 끼고
태연한 척을 해 보였지만 일부러 꾸며낸 티가 나서 더 어색했다.

미쓰에는 먼저 간이치에게 인사를 한 뒤 아라오를 향해서는 한층

더 정중하게, 더구나 동작 하나하나를 귀부인처럼 행동하면서 온화한 표정으로 살며시 미소를 지으며 잠시 동안 아무런 말도 하지 않았다.

"세상에 이런 곳에서! 그래, 하자마하고는 친한 사이인가요?"

"자네는 어떻게 이분을 아나?"

간이치는 이쪽을 봤다 저쪽을 봤다 하면서 당황한 얼굴로 말을 잇지 못했다.

"응, 조금은 알고 있지. 하지만 오래 앉아 있는 것은 방해가 될 테니 이만 실례하겠네."

"아라오 씨."

미쓰에는 그를 놓치지 않으려고 불러 세웠다.

"이런 곳에서 말씀드리기 뭐하지만."

"아아. 그건 여기서 들을 게 아니오."

"하지만 언제나 계시지 않아서 얘기를 마무리짓지 못해 어떻게 처리해야 할지 몰라서."

"막상 만났다 해서 얘기를 마무리지을 수도 없지 않소. 달아나지도 숨지도 않을테니 조금 기다려주시오."

"얼마든지 기다릴 순 있지만 계속해서 댁의 사정에 맞출 수는 없습니다. 그 점은 헤아려주셔야겠습니다."

"음, 아주 어려운 것을 헤아려달라고 하는군요."

"가까운 시일 내에 제가 부탁드리러 찾아가 뵙겠으니 부디 잘 부탁드립니다."

"그건 전혀 적절하지 않소."

"네, 그런가요? 일전의 일이었던가요. 그자가 찾아갔을 때 뭔가 무례한 말씀을 드렸다고요. 대단히 화가 나서서 칼을 뽑아드시고는 베어버리겠다고 하신 일이 있다고."

"있었죠."

"어머나, 정말로 그러셨나요?"

미쓰에는 그에게 무안을 주기 위해 비웃었다. 그점을 안 아라오는 한결같이 진지한 얼굴로 말했다.

"정말이고 말고요! 정말로 그놈을 베어버리려고 했소."

"하지만 다시 생각을 바꾸신 거로군요."

"뭐 그쯤 해두었지요. 그래도 개, 고양이가 아닌데 목을 쳐 죽일 수도 없고."

"정말 무서운 일입니다. 저 같은 것은 도저히 찾아가 뵐 수 없겠군요."

그 말이 누가 할 말이냐는 듯이 아라오는 고개를 젖히고 목청을 높여 웃었다.

"내가 미인을 벨 것인가. 내가 그 눈에 죽을 것인가. 어느 쪽이든 돌아가서 칼이라도 닦아둬야겠소."

"아라오, 저녁 준비가 되었다고 하니 들고 가게."

"말은 고맙지만 도둑놈 소굴의 물은 마시지 않겠네."

"제가 시중을 들겠습니다. 앉으시지요."

미쓰에는 아라오가 일어난 발 밑에 깔개를 밀어붙이고는 돌아가지 못하게 하려고 주인 못지않게 정중하게 대했다.

"마치 부부같군. 아주 멋진 한쌍이야."

"어서 자리에 앉으십시오."

처음부터 머무르려고 생각하지 않았던 아라오는 기어코 가려고 하며 말했다.

"하자마 네놈은……"

"……."

"……."

아라오는 낭패를 당한 듯이 우울한 감정을 억누르며 돌아갔다. 아라오가 하지 않았던 마지막 말은 그대로 간이치의 가슴 안에서 울렸다. 아라오가 떠난 뒤에도 간이치는 여전히 듣기 거북한 이야기를 듣고 있는 사람처럼 얼굴을 들지 못했다.

제4장3

얼마 지나지 않아 램프가 켜지고 그저 움츠리고 서 있던 하자마 옆에 놓이자 그 빛에 미쓰에의 모습이 비추었는데 평소보다 더 치장을 한 듯 대단히 요염하고도 아름다웠다. 마치 빛깔과 향기가 대단한 모란꽃 가지를 휘게 한 것과 같은 모습으로 그녀는 다정하게 자리를 권했다.

"하자마 씨, 몹시 우울해 보이시는 군요. 어떻게 된 일입니까?"

간이치는 내키지 않다는 듯 겨우 눈을 돌리고 말했다.

"도대체 당신은 어떻게 아라오를 알고 있습니까?"

"저보다 당신이 그분의 친구라니 정말 뜻밖인데요."

"당신은 어떻게 알게 됐습니까?"

"그저 채무자 같은 관계죠."

"채무자? 아라오가? 당신의?"

"제가 직접 관여한 것은 아니지만요."

"음, 그래서 액수는 어느 정도인가요?"

"삼천엔 쯤 돼요."

"삼천엔? 그럼 그 빌려준 사람은 어디의 누구입니까?"

미쓰에는 그가 갑자기 몸을 돌려 황급하게 다가오는 것을 보고 일그러진 입가에 미소를 감추며 말했다.

"당신은 정말이지 현금과 같은 분이군요. 당신이 묻고 싶은 것에 대해선 열을 올리고 평소에 제가 무슨 말이라도 하면 전혀 상대해주지도 않으시고."

"네, 좋습니다."

"조금도 좋을 것 없어요."

"음, 그렇다면 빌려준 사람이 있다는 말이군요."

"모르겠습니다."

"얘기해주세요. 사정에 따라서는 그 돈을 내가 갚을까 합니다."

"저는 당신한테는 받지 않겠어요."

"드린다는 것이 아니라 갚겠다는 겁니다."

"아니오, 당신하고는 그 얘길 할 수 없어요. 또 당신이 꼭 갚겠다고 하신다면 저는 그 채권을 아예 버리겠습니다."

"그건 왜죠?"

"왜라니요. 그러니까 당신이 갚을 생각이라면 저더러 채권을 버리라고 하십시오. 저는 기꺼이 버리겠어요."

"무슨 뜻이죠?"

"무슨 뜻인지 모르시겠어요?"

"네, 모르겠습니다."

"물론 모르시겠죠. 저도 제 자신을 모르는 걸요. 하지만 하자마 씨, 당신도 역시 자신을 좀처럼 모르는 것 같군요."

"아니오, 나는 알고 있습니다."

"그래요? 알고 있으면서도 조금도 알지 못하니까 저도 점점 모르겠어요. 그렇게 알고 계세요."

미쓰에는 금담뱃대로 손을 쬐는 화로 가장자리를 딱 치고는 원망스럽다는 듯이 곁눈질로 그를 쳐다보았다.

"그런 말 말고 어찌되었건 이야기를 해주시오."

"당신은 당신 마음대로시군요."

"자, 얘기해주시오."

"그럼 해드리죠."

미쓰에는 갑자기 담뱃대를 찾아서 옆에 아무도 없는 것처럼 천천히 연기를 뿜어댔다.

"당신의 채무자라니, 정말 뜻밖이군요."

"......"

"도저히 사실이라고 믿을 수 없을 정도요."

"……."

"삼천엔! 아라오가 뭣 때문에 삼천엔이라는 빚을 졌을까. 도저히 있을 수 없는 일인데……."

"……."

그러고 보니 미쓰에는 여전히 담뱃대를 붙들고 있었다.

"좀더 자세히 얘기해주시오."

"이렇게 뜸을 들이고 있으니 아주 감질나시죠?"

"감질나는 것은 당연하지요."

"안타깝게 애태운다는 것은 결코 좋은 기분이 아닌가 봐요."

"무슨 말을 하는 겁니까!"

"네네 죄송합니다. 그럼 즉시 말씀드리겠습니다."

"부탁합니다."

"아마 알고 계실 겁니다. 전에 우리집에 있었던 사기사카(向坂)라는 사람이 시즈오카(静岡)로 가서 지금은 꽤 번성해 있는데, 그 친구 분은 시즈오카의 참사관으로 계셨습니다. 그랬었지요, 그때 사기사카의 채무자가 된 것입니다. 결국 그분도 그 일로 권고사직을 당하게 되어 다시 도쿄로 돌아와야 했고 그쪽을 정리하는 데 있어서 사기사카로부터 이쪽으로 위임을 해왔다가 마침 작년 가을부터 완전히 이쪽으로 넘어온 것이죠. 돈을 받기가 얼마나 귀찮고 힘든지 몰라요. 저렇게 전혀 직업이 없이 빈둥빈둥 놀고 있는 것과 다름없는데 번역인지 뭔지 조금 하고 있는 모양인데 현재 상태로는 손쓸 방도가 없습니다."

"아 그렇군요. 하지만 그가 무슨 일로 삼천엔이라는 돈을 빌렸는지 모르겠군요."

"사실 그분은 연대채무자입니다."

"아하! 그러면 주채무자는 누구입니까?"

"오다치 사쿠로(大館朔郎)라는 기후(岐阜)의 민주당원인데 선거에 낙선해서 그 선거비용 때문에 진 빚이라고 하더군요."

"음, 그렇군요! 오다치 사쿠로…… 그럼 사실일 겁니다."

"아시는 분인가요 ?"

"그분은 아라오에게 학자금을 대 준 사람으로 그가 늘 은인이라고 말했던 사람이지요."

말하고 있는 동안에도 벌써 그의 마음은 너무나 괴로웠다. 내가 경애하는 아라오 조스케는 궁하면서도 한탄하지 않고 슬퍼하지 않는구나. 천명을 즐긴다 했는데 실로 의를 위해 자신의 명예를 버리고 은혜를 위해서는 부귀함도 멀리하는구나. 그의 빈곤함은 만인의 부유함보다 훌륭하다. 군자인 나의 친구여. 이토록 순결한 뜻을 품은 자가 받는 보답이 이렇게나 가혹한 것이라니. 간이치는 공연히 흐르는 눈물에 눈을 감고 말았다.

제5장

갑자기 지바(千葉)에 갈 일이 있어 오후 다섯 시 열차를 탈 생각에 서둘러 인력거를 타고 갔지만 아아, 한 걸음 차이로 두 시간 후의 다음 열차를 기다려야 하는 곤란을 겪게 되었다. 간이치는 힘이 빠진 모습으로 정거장 휴게소로 들어가 안쪽 방에 마련된 줄무늬 모포 위에서 미지근한 차를 홀짝거리다가 대문을 나설 때 받은 세 통의 우편물을 가방 안에 처박아둔 것이 생각났다. 꺼내보니 그 중 한통은 M., Shigis- 라고 되어 있었다.

"이거 또 보내왔군."

그는 이것만은 뜯지 않고 다른 것과 함께 처넣은 가방을 탁 닫고는 베개로 끌어당겨서 똑바로 눕자마자 바로 눈을 감고 잠을 청하려 했다. 하지만 그가 쉽게 잠에 들 수 있겠는가. 지금에 와서 그립다거나 밉다거나 하는 감정이 있는 것은 아니지만, 그녀의 필적을 보자 일절 생각하지 않겠다고 맹세했던 그의 마음도 잠들 수 있을 정도로 편하지만은 않았다.

사실 이 편지는 미야가 보낸 두 번째 호소문이다. 맨 처음 간이치를 놀라게 했던 첫 번째 편지는 약 이주일 전에 그의 손에 들어왔다. 한 자도 빠짐없이 읽었지만 그는 앞서 아라오에게 대답한 것과 같은 맥락에서 그녀가 직접 쓴 뉘우침의 글을 읽었다. 이번에도 똑같은 말일 텐데 무슨 미련이 있다고 쓸데없이 눈을 더럽히고 내 마음만 괴롭힐 필요 있겠는가, 소용없는 일이다 하고 생각하며 매정하게도 한쪽으로 밀어 젖혀버렸다.

미야는 얼마나 슬펐을까? 두 번에 걸친 편지는 괴로운 가슴을 가르고 그 절실한 심정을 토로하고 있었으며 세상의 평판과 자신의 처지를 전혀 생각하지 않은 고백이었다. 자칫 잘못하면 이 편지가 증거가 되어 살아있더라도 사회적으로 완전히 매장되는 죄인이 될 수도 있다. 그런 것도 각오하고 편지를 써보냈지만 편지가 아무런 효과를 보지 못하자 그녀는 점점 더해가는 슬픔 속에 세 번째 붓을 들 수밖에 없었다. 아, 미야는 모르는구나. 간이치는 두 번째 편지의 봉투조차 뜯지 않은 것을- 세 번, 다섯 번, 일곱 번 아니 열 번, 백 번을 보내도 간이치는 결단코 이 어리석은 뉘우침을 듣지 않겠다고 굳게 마음먹고 있는 것을.

조용히 누워 있던 간이치는 갑자기 일어나서 가방을 열어 먼저 그녀의 편지를 꺼내더니 성냥을 찾아 봉해진 그대로 가장자리에 불을 대고는 화로 위에서 손에 들고 태웠다. 한 가닥의 불꽃은 활활 타오르면서 하얗게 올라가는 재는 미야의 어떤 마음일까. 검게 타내려온 재의 찌꺼기는 또 무엇일까. 몇 년 동안 쌓인 그녀의 슬픔과 뉘우침은 고맙게도 지금 그 사람 손에 있으면서도 매정하게도 연기가 되어 사라져 흔적도 없었다.

간이치는 다시 가방을 베개삼아 처음처럼 똑바로 누웠다.

잠시 후 여인네들이 서로 부르고 맞이하는 소리가 나면서 미닫이 너머로 옆방으로 안내되는 소리에 간이치는 남녀 한쌍이라는 것을 알 수 있었다.

그들은 젊은이들답지 않게 아주 얌전히 자리에 앉았다.

"아직 시간이 많이 있으니까 서두르지 않아도 돼요. 자, 스즈(鈴) 양, 차를 들어요."

이것은 남자의 소리였다.

"정말로 이번 여름에는 돌아오시는 거죠?"

"음력 칠월 십삼일 우란분(盆) 지나서는 꼭 돌아오겠소. 하지만 얘기했듯이 아저씨하고 아주머니 생각이 달라졌으니 스즈 양 생각대로 원만하게 해결될 리가 없소. 이렇게 된 바에는 포기하는 게 좋소. 나는 남자답게 단념하겠소!"

"마사(雅) 씨는 남자니까 그러실 수 있겠지만 저는 단념할 수 없습니다. 말로는 그렇지 않다고 하시지만, 마사 씨는 아버지 어머니의 처사에 대해 화를 내고 계실 거예요. 그래서 저까지 미워하는 거예요. 아닌가요? 저는 어떻게 되든 좋으니까 만약에 마사 씨가 거두어주시지 않는다면 평생 누구와도 결혼하지 않겠습니다."

가끔 여자는 들리지 않을 정도로 울먹이는 소리를 냈다.

"그런다 해도 아저씨와 아주머니가 승낙하시지 않는 한 아무리 내가 당신을 떠맡고 싶어도 그럴 수 없지 않소. 그것도 누구를 원망할 수도 없고 오로지 내 탓으로 이렇게 전과자가 된 남자에게 소중한 딸을 내줄 부모는 없을 거요. 주지 않는 것이 당연하고 나 자신도 잘 알고 있소."

"아버지 어머니가 주지 않아도 마사 씨만 거두어주시면 되잖습니까?"

"무슨 그런 당치 않은 말을! 나 역시 얼마나 분한지 모르겠소. 하긴 무분별한 처사로 그런 죄를 짓게 됐지만 실은 고리대금업자의 덫에 걸린 것으로 난 평생 흠이 있는 몸이 되었고 홀어머니를…… 돌아가시게 하고, 게다가……. 약혼은 깨졌고……, 이렇게 한심한 신세일 바에야 차라리 감옥에서 죽어버리는…… 것이 나았을 걸!"

"아니 마사 씨, 무슨 말을 그렇게……"

두 사람은 한꺼번에 울음을 터뜨렸다.

"어머니가 그놈의 집을 불태우고 부부가 함께 타 죽은 것으로 멋진 화풀이는 됐지만 일단 내 몸에 붙어다니는 이 흠은 떨쳐버릴 수 없어요. 어머니도 다음달에는 스즈 양이 시집온다고 밤낮으로 그것만 낙으로 삼고 계셨고…… 그랬는데."

여자는 솟구쳐 오르는 울음소리를 참으며 훌쩍거렸다.

"나는 파혼할 생각은 조금도 없지만 오히려 내 쪽에서 단념하는 것이 도리이니 꼭 나쁘게만 생각하지 말아요."

"아니예요…… 아니예요…… 저는…… 그렇게 거절당할 이유가 없습니다."

"나를 따르면 스즈 양도 떳떳하지 못하고 평생 남의 입에 오르내릴거요. 그것이 가엾어서 나는 스스로 물러설 생각이고 이것으로 인연이 끝났다고 체념해버리려는 거요. 하지만 스즈 양, 당신의 마음은 결코 잊지 않겠소."

여자는 다만 목메어 울고 있었다. 아무 소리도 내지 않고 누워 있던 간이치는 이때 살며시 일어나서 미닫이의 틈새로 사나이의 얼굴을 보려 했지만 결국 뜻대로 되지 않았다. 그러나 그는 틀림없이 그 목소리를 들은 기억이 있었다. 그 사나이는 와니부치의 집에 불을 지른 미친 여자의 아들로 사문서위조죄로 일년 중금고형을 받은 아쿠라 마사유키(飽浦雅之)가 틀림없는 것 같았다. 여자가 그의 이름을 부르는 데서도 알 수 있다고 혼자 고개를 끄덕이면서 간이치는 다시 숨어서 귀를 기울였다.

"거짓말이라도 그렇게 뜻은 잊지 않겠다고 하셨으면 역시 약속대로 저를 거두어주십시오. 마사 씨가 그런 재난을 당했다 해서 인연을 끊을 생각이었다면 저는, 마사 씨, ······일 년 내내······ 소금기가 있는 음식을 먹지 않는 일은 하지 않았을 겁니다."

그녀는 괴로움 속에서 절개를 지켰던 지난날을 생각하며 울었다.

"마사 씨 자신이 나쁜 짓을 해서 그렇게 된 것도 아니고 고리대금업자의 속임수에 넘어가서 억울한 벌을 받은 불행한 일에 대해 저 역시 얼마나 억울하고 분했는지 모릅니다. 그러나 마사 씨에게 흠이 있다고 해서 제가 언제 결혼하기를 꺼려하기라도 했나요! 마사 씨, 저는 그런 여자가 아닙니다. 그런 여자가······ 아니에요!"

이 마음을 왜 몰라주느냐고 북받치는 감정에 괴로워서 몸을 뒤트는 모습이 눈에 훤히 보이는 듯한 간이치는 옆방에서 엎드려 머리를 문질러대면서 담뱃불이 꺼진 것도 모르고 담배를 손에 든 채 누워 있었다.

"마사 씨가 저를 보통 여자로 생각하는 것은 마사 씨가 없을 때 내가 한 일을 모르기 때문입니다. 저는 석 달도 넘게 앓다가······ 그런 일도 마사 씨는 모르실 거예요. 아무리 아버지 어머니께서 마사 씨에게 저를 줄 생각은 없다 해도 저는 나름대로 생각한 바가 있기에 마사 씨가 떳떳하지 못하더라도 저는 더더욱 마사 씨한테 가야 합니다. 그리고 저도 마사 씨와 함께 떳떳하지 못한 대로 살고 싶습니다. 그러지 않으면 어린시절부터 저를 그토록 귀여워해주셨던 마사 씨의 어머니에게 너무도 죄송한 일이 됩니다. 부모님이 승낙하지 않은 일을 제 마음대로 하는 것은 불효겠지만 저는 어떠한 일이 있어도 마사 씨와 결혼하고 싶습니다. 그러니 싫지만 않으시다면 거두어주십시오. 전 아무렇지도 않으니 마사 씨가 거두어주실 생각이 있으신지 없으신지 그것만 말씀해주세요."

간이치는 몸을 돌려서 팔을 베고 벌렁 누워서 천장을 물끄러미 쳐다 보았다. 그는 자기가 준 사나이의 불행보다는 결혼할 수 없는 여자의 슬픔보다도 먼저 그 아가씨의 열정에 감동되었다. 아아, 세상에는 이렇게 절실하고도 타는 듯이 열렬한 진실도 있구나 하며 머리는 뜨거워지고 가슴은 뛰었다.

그러자 남자 목소리가 들려왔다.

"스즈 양, 그건 말할 필요도 없는 거요. 나도 이런 처지만 되지 않았다면 지금쯤은 세 명의 가족을 이루어 화목하게 살고 있을 거라는 생각을 하니 오늘의 이별이 뭐라 말할 수 없을 정도로 기가 막히는구려. 이제는 얼굴을 마주대할 수도 없는 놈을 그렇게까지 말해주는 것은 이 세상에 스즈 양 한 사람뿐일 거라고 고맙게 생각하고 있소. 그렇게 마음씨 고운 스즈 양과 함께만 살 수 있다면 더 바랄 나위 없겠지만 아저씨 아주머니 입장이 되고 보면 지금 우리는 결혼할 수 없는 것이 당연하오. 자식을 생각하는 부모의 마음은 똑같은 것이오. 자식으로서 부모님 속을 태우고 걱정을 끼쳐드린다는 것은 불행 정도가 아닌 악행이오. 더 말할 나위 없는 죄요! 나의 무분별한 처사로 부모님께 심려를 끼쳐드리고 그로 인해 어머니도 그렇게 되고 말았으니 사실 내가 내 손으로 죽인 거나 다름없소. 게다가 나 때문에 스즈 양의 양친께 걱정을 끼친다면 남의 부모까지 죽인 것이 되니 나도 체념할 수 밖에 없는 일은 체념하려고 하오. 이제부터 사회에 나가 열심히 일해 떳떳하게 출세할 날을 기대하며 어두운 곳에 갇혀 있는 기분으로 열심히 공부하는 수밖에 없다고 각오하고 있소."

"그럼 마사 씨는 우리 부모님만 생각하시지 저는 조금도 생각하지 않는다는 말이군요. 제 몸은 어떻게 되든 상관하지 않겠다는 얘기군요."

"그럴 리가 있겠소! 나도 역시……."

"아니에요. 이제 됐어요. 이제 됐어요. 미사 씨의 마음을 알았으니까요."

"스즈 양, 그건 오해야. 그렇다면 스즈 양은 내 마음을 전혀 몰라주는 거요."

"그건 마사 씨 사정이에요. 저희 부모님을 그렇게 생각하신다면 본인인 제 사정도 조금은 생각해주실 법한데요. 마사 씨한테 시집가기 위해 혼례 가구까지 사놓았는데 이제와서 어떻게 다른 사람한테 시집 갈 수 있겠어요? 마사 씨도 생각해보세요. 부모님이 승낙하시지 않는다 해도 그건 너무해요. 너무 편할 대로만 생각하시는 거예요! 저는 죽어도 다른 사람한테 시집가지 않을 테니까 좋아요, 좋아요, 난 좋아요!"

여자는 몸을 떨며 쓰러져 슬피 울었다.

"그렇게 말하면, 그럼 어떻게 하자는 거요?"

"어떻게든 좋아요. 저는 이미 마음을 정했으니까요."

그 뒤로 사나이의 목소리는 들리지 않았는데 잠시 후 누가 얘기를 꺼냈는지 모르지만 다시 한바탕 소곤소곤 속삭이는 소리가 새어나왔다. 그러나 낮은 소리여서 확실하게 들리지 않았다. 그들의 속삭임은 오랫동안 계속되었고 그동안 한 번도 큰소리를 내지 않았던 것으로 보아 서로가 얘기가 잘된 모양이었다.

"정말? 정말이죠?"

비로소 다시 들려온 것은 여자의 목소리였다.

"그러면 나도 그런 각오로 있겠소."

이리하여 그들의 소리는 다시 낮아졌다. 그러나 얘기는 더욱더 계속 되었다. 간이치는 은근히 여인의 성공을 축하하며 또한 마사유키라는 남자가 얼마나 행복한가를 생각하면서 마치 신묘한 음악 소리가 뜻밖에 새어나온 듯이 시름에 잠긴 자신을 잊었다.

지금 그 아가씨가 미야였다면 어떻게 되었을까. 내가 저 마사유키라면 어떻게 되었을까. 나는 오늘날의 나를 선택했을까, 아니면 저 마사유키가 되는 것을 간절히 바랐을까. 간이치는 덧없이 이렇게 생각했다.

미야도 일찍이 내게 저 아가씨 못지않은 정성을 기울였다. 그녀가 만약 다이아몬드의 빛만 보지 않았다면 전과가 있는데도 나를 역시 그리워했을까. 다다쓰구의 금력을 가지고 저 아가씨를 위협했다면 그녀 역시 투옥 전에 마사유키를 버렸을까. 빛나는 다이아몬드와 더럽혀진 죄명은 어느 쪽이 애정을 깨뜨리는 힘이 더 강할까.

그는 다시 이렇게 생각했다.

다만 그 사람을 목숨같이 여기고 자기 자신도 없고 가문도 없고 어떤 들판 끝까지도 함께 따라가겠다고 맹세했던 그 아가씨가 드디어는 보다 더 좋은 조건 때문에 결심을 바꾸지 않고 사랑을 관철할 수 있을까. 또는 일단 그 사람에게 준 사랑을 아쉬워하고 다시 다른 사람에게 더 비싸게 팔려고는 하지 않을까. 이로움과 다투어서 이겨내는 것과 다른 사랑과 다투어서 패배하는 것 가운데 우리들의 한은 어느 것이 더 깊을까.

그는 또 이렇게도 생각했다.

가장 진실된 사랑이란 더 좋은 조건 앞에서 망설이지 않고 다른 사람으로 바꿀 수는 없는 것이다. 잠시라도 사랑을 바꾼다는 것은 그 사랑이 진실하지 않다는 증거이다. 대체로 이성간의 사랑은 내 사랑처럼 진실된 것이 아닐까. 혹은 내가 믿었던 미야의 사랑은 특히 나에게만 진실되지 않았던 것일까. 나는 그녀의 배신에 분노하기 때문에 세상의 모든 연인을 의심하고 또한 모두 다 인정하지 않는다. 그러나 일단 그 것을 인정하지 않는 탓으로 그 분개는 사라지지도 않고 꼭 얻을 수 있었던 것을 잃은 것과 같은 불쾌감은 내 마음을 괴롭히고 이내 내 몸이 쓰러지기 전에는 사라지지 않는 악령처럼 앙심을 품고 나를 괴롭힌다. 그래서 어떤 일에도 즐거움을 느끼지 못하는 나는 오늘 우연히 남녀의 희열을 보고 나 자신도 기뻐하면서 즐거운 환영을 좇으려고 하는 것은 어떤 이유에서일까. 좋다, 나는 미야의 사랑이 아니더라도 그녀를 대신할 수 있는 사랑을 만나 아무튼 이 마음을 달래야겠다.

그는 점점 더 깊이 생각했다.

요즘 미야는 나에게 진실되지 못했던 것을 뉘우치고 그 뉘우침을 표시하기 위해서는 어떤 일일지라도 내 말에 따르겠다고 알려왔다. 그녀가 그렇게 뉘우친다고 해서 나는 이 분함을 잊어야 할 것인가. 그건 그렇다치더라도 내 사랑이 옛날로 돌아가서 다시 완전한 것으로 될 수는 없다. 그녀의 뉘우침은 그녀의 뉘우침일 뿐이고 나를 실의에 빠지게 한 것은 결국 내가 가진 원한이다. 이 원한은 도미야마보다 몇 배나 부자가 됨으로써 비로소 보상될 수 있을까, 아니면 그 부를 얻기 위해 탐욕스럽게 사는 것으로 이 원한을 풀 수 있을까.

그는 괴로운 한숨을 내쉬었다.

내 사랑을 깨뜨린 다다쓰구! 그들의 사랑을 깨려고 하는 자는 누구인가. 그 주인공인 내가 지금 지바로 향하고 있는 것도 혹은 깨고 혹은 깨뜨리려고 하는 것이 아니겠는가. 더구나 그 탐욕은 나에게 무엇을 가져다주는 것일까. 부일까, 부는 나의 광기를 치료해주는 특효제란 말인가. 끝나버린 내 사랑은 일단 떨어진 꽃이 나뭇가지로 돌아가지 못하듯이 다시 만나 즐거워하고 다시 싹틀 수는 없다!

정말로 나는 이렇게 살다가 헛되이 묻혀버리고 말 것인가. 바람에

날리고 말 것인가, 물에 떨어져 흘러갈 것인가.

간이치는 후나바시를 지나 등불이 음침한 기차에 몸을 담고 있었다.

제6장

지바에서 돌아온 지 닷새가 되던 날 Shigis- 의 편지는 또 왔다.

간이치는 여느 때처럼 봉한 그대로 불속에 던져서 태워버렸다. 그 필적을 보면 바로 떠오르는 모습은 다다쓰구와 미야가 나란히 서 있던 매화나무숲에서의 밀회 장면이었다. 그는 분노를 터뜨렸다. 앞서 두세 번 보낸 편지로 어리석게도 옛날로 돌아갈 수 있다는 미련이 내게 남아 있으리라 생각하다니. 어리석은 정에 대한 호소로 드넓은 바다를 메우려 해봤자 아무런 보람이 없는 것처럼 간이치의 결심은 한층 더 완강해졌다. 아무것도 모르는 미야는 온 정성을 기울여 자신의 진심을 담은 편지를 그 사람은 어떻게 보고 있을까, 엮어가는 내 진심을 만분의 일이라도 알아준다면 오래 전부터 기원해온 한 줄기 빛이 되리라는 기대로 아무도 없을 때면 반드시 붓을 들어 자신의 심정을 끊임없이 옮겨쓰는 데 여념이 없었다.

다다쓰구는 요즘 그녀가 습자 연습을 자주 한다는 말을 듣고 그 어여쁜 행실에 감동한 나머지 좋은 먹, 좋은 붓, 좋은 벼루, 좋은 습자본까지 자기 손으로 구해와서 마음가짐이 훌륭한 아내에게 선사했다. 미야는 그런 것을 더럽다고 여기고 일절 쓰지 않았으며 나중에는 남편의 책상 앞에도 앉지 않았다. 이렇게 정성껏 엮은 편지는 다시 엿새를 지나 간이치에게 보내졌다. 그는 네번째 편지 역시 태워버리고 거들떠 보지도 않았는데 며칠 지나지 않아 다섯번째 편지가 날아들었다. 그래, 천 번이라도 보내려면 보내라, 손에 들어오자마자 연기로 변하는 것을 하고 무시했던 간이치도 이전에는 미야에게서 찾아볼 수 없었던 대단한 집착에 의아해하면서 오늘만은 즉시 태우지 않은 그 편지를 한번 펴보려고 했다.

"그렇지만……."

그는 쉽사리 마음을 열지 않았다.

"용서해달라는 거겠지. 그 외에는 용건이 있을 리도 없고, 만약 있다면 그것은 봐서는 안될 건이다. 용서해달라면 용서해주지. 또 용서해주지 않아도 이미 용서받은 것이 아닌가. 잘못을 뉘우쳤다면 그것으로 됐다. 뉘우쳤다고 해서, 용서했다 해서 그게 어쨌단 말이냐. 그것이 오늘날의 간이치와 미야 사이에 어떤 영향을 준다는 말인가. 뉘우쳤으니 그녀의 정조에 흠이 간 것이 아물고 또 용서했다고 도미야마와의 일이 없었던 옛일이 된단 말인가. 그 점에 있어서는 간이치는 어디까지나 십년 전의 간이치다. 미야! 너는 평생 더러워진 미야가 아닌가. 아무 소용 없는 일이다! 조금도 더럽혀지지 않았던 미야였기에 더럽혀진 이상 그에 대한 열 배의 덕을 쌓아도 결코 깨끗한 여자로 돌아갈 수는 없는 것이다. 그래서 내가 뭐라고 했지! 아다미에서 헤어질 때도 너 외에는 아내로 생각해본 여자가 없다, 내 목숨과 바꾸어서라도 인연은 끊을 수 없으니 내 심정을 가엾게 여기고 진지하게 생각해봐라, 정말이지 사나이의 체면을 내던지고 부탁하지 않았느냐, 그런 간이치를 배반하고…… 무슨 면목으로 이제 와서 뉘우침이라니…… 늦었다!"

그는 그 편지를 기둥에다 몇 번 치다가 드디어는 새끼줄처럼 비비 꼬았다.

미야의 편지는 계속해서 일주일에 한번은 반드시 왔다. 펴보지도 않는데 계속 온 편지가 벌써 열 통에 이르렀다. 이제는 간이치도 편지를 볼 때마다 노여움도 약해지고 기다리는 것은 아니지만 꼭 규칙적으로 오는 편지로 인해 자연히 뉘우치며 슬퍼하는 다른 미야의 존재를 의식하게 되었다. 하지만 그녀를 잊지 못하는 것도, 갑자기 그녀가 그리워진 것도 아니었다. 또 노여움이 약해졌다고는 하지만 그녀를 용서하고 받아들이려는 것도 아니며 처음에는 사랑을 버리고 나중에는 그것을 뉘우치는 신세의 옛사랑은 여전히 나에게 존재하고 그 새로운 뉘우침은 절실하게 와 닿지만 차갑게 얼어버렸을 때 바라는 불은 얻어지지 않고 다만 물을 얻게 되는 한심스러운 상태와 같이 서로 마주대하면서도 서로 도와줄 수 없는 괴로움만 따르게 할 뿐이었다. 이런 이유 때문에 간이치는 펴보지도 않는 미야의 편지를 대할 때마다 그 몇 배의 슬픔을 느끼면서 원망 아닌 원망도 생기고 분노 아닌 분노도 터져서 괴로운 외톨이 신세, 덧없는 세상살이가 가슴 깊이 느껴져 편치 않은 마음으로 하루하루를 보냈다. 따라서 그저 멍청히 외출했다가 귀가하면 자신의 일마저 잊는 일이 허다했다. 헤어날 길 없는 수심에 잠겨 밤을 지새우고 동틀 무렵에야 지쳐 잠든 간이치는 봄

비가 내려 어두컴컴한 일곱시에 침실에서 가위에 눌려 신음하다가 가정부의 소리에 깨어난 것 같았으나 생시가 아닌 것 같아 다시 잠든 것을 또다시 그녀가 흔들어 깨우자 깜짝 놀라 일어났다.

"손님이 오셨습니다."

"손님? 누구요?"

"아라오 씨라고 하셨습니다."

"뭐라구요, 아라오? 아아, 알았어요."

주인은 서둘러 일어나려 했다.

"안으로 안내할까요?"

"오오, 어서 들어오시게 해요. 그리고 방금 일어났으니 잠깐 기다려 달라고 말씀드려요."

간이치는 그와 헤어진 후로 세 번이나 그의 은거지를 찾아갔지만 언제나 없었고 두 번에 걸친 편지에 답장도 없어서 미쓰에에게 물어보니 여전히 거기 살고 있다는 말에 결국 정말로 교분을 끊으려는 것이라 여기고 당분간은 굳이 찾아가지 않으리라 마음먹고 한 달도 넘게 찾아가지 않았는데 잘도 와주었구나, 나의 이런 괴로움을 얘기할 사람은 오직 그 친구뿐인 것을, 친구가 먼 곳에서 왔으니 얼마나 기쁘냐, 오늘은 술을 나누며 하루종일 그를 붙잡아두겠다는 생각을 하자 기쁨으로 가슴이 설레었다.

절교라도 한 것처럼 소식이 없었던 아라오가 왜 갑자기 찾아왔을까. 간이치는 그가 무슨 생각에서 찾아왔는지 생각지 않고 또 갑작스런 방문에 조금도 의아해하지 않고 그동안 소식이 없었던 것은 뭔가에 구속됨 없이 자유롭게 살아가는 그의 생활 방식 때문이며 교분을 끊겠다고는 했지만 두터웠던 인연을 차마 버릴 수 없어서 나를 친구로 여기고 찾아왔을 것이라고 믿었다. 화장실에서 나온 간이치가 자다 일어나 부어 있는 눈을 껌벅거리며 덧옷의 끈도 매지 않은 채 불쑥 객실의 미닫이를 열어보니 아라오는 있지 않고 아름답게 치장한 부인이 부끄러운 듯이 기다리고 있었다. 주춤거리며 들어가지 못하는 그의 눈앞에 정체불명의 여자 손님은 여전히 얼굴을 옆으로 돌리고 있었다. 가랑비는 정원의 수목을 조용히 두드리고 비에 젖은 신록은 방안을 비추고 있었다.

"아라오 씨라고 하신 분이 당신입니까?"

그가 먼저 인사를 하고 자리에 앉자 부인은 여전히 얼굴을 보이지 않으려는 듯이 머리를 깊숙이 숙이고는 예를 갖추었다. 게다가 그녀는 숙인 머리와 짚은 손을 쉽사리 들려고 하지 않았다. 처음에는 웬 부인일까 하고 놀란 간이치는 이제는 또 어찌된 일이지 하고 더욱더 어이가 없어서 그녀의 태도를 지켜보았다. 금세 간이치의 눈은 상황을 파악하려고 고개 숙인 부인을 이리저리 살피며 말했다.

"무슨 일로 오셨습니까?"

"……."

그는 더욱더 이리저리 살폈다.

"무슨 일이십니까? 말씀하시죠."

"……."

이슬을 머금은 백합꽃이 은은하게 바람을 맞이하듯이 어쩔 도리가 없다는 듯 그녀가 얼굴을 들려 하다가 부끄럽기도 하고 겁이 나기도 해서 망설일 때였다.

"미야!" 하며 간이치도 엉겁결에 소리쳤다.

미야는 기쁨과 슬픔으로 가슴이 벅차올라 체면이고 뭐고 생각할 겨를 없이 쓰러져 울었다.

"무슨 일로 왔지!"

화를 내야 할까, 원망해야 할까, 망신을 줘야 할까, 비탄해야 할까, 울부짖어야 할까, 욕을 퍼부어야 할까, 비난해야 할까. 그는 일시에 만감이 복받쳐서 자신도 모르게 부들부들 떨었다.

"간이치 씨! 용서해주세요."

미야는 겨우 얼굴을 치켜들기는 했지만 무시무시하게 변한 간이치의 얼굴을 차마 마주보지 못하고 풀이 죽어 엎드렸다.

"빨리 돌아가!"

"……."

"미야!"

몇 해를 듣지 못했던 목소리인가. 미야는 겁은 나지만 그리움을 가득 담아 자기도 모르게 그쪽으로 눈을 돌렸다. 날카롭게 쏘아보기는 하지만 물기를 머금은 간이치의 눈, 대체 어떤 의미의 눈물일까.

"이제 와서 서로 만날 필요는 없다. 또 무슨 염치로 만나겠다는 거지? 얼마 전부터 자꾸 편지를 보내오는데 난 한 통도 뜯어본 적이 없다. 오면 바로 태워버렸으니 앞으로는 절대 보내지 말도록. 나는 지금 몸이 아파서 이렇게 있는 것도 힘들어 견딜 수 없으니 돌아가다오."

그는 가정부를 불렀다.

"손님 나가신다. 모시고 온 사람에게 그렇게 전하시오."

말붙일 생각도 못하고, 괴로워하는 미야를 놔두고 간이치는 재빨리 자리에서 일어서려 했다.

"간이치 씨, 저는 오늘 죽음을 각오하고 만나러 왔습니다. 어떤 벌을 내리셔도 좋으니 어쨌든 오늘은 용서해주십시오. 부탁이니 제 이야기를 들어주십시오."

"저는 정말로 후회했습니다! 간이치 씨, 저는 이제서야 후회했습니다! 얼마 전부터 보내드린 편지에 자세히 썼지만 전혀 보시지 않으셨다니 제가 얼마나 절실하게 후회하고 있는지 모르시겠군요. 뵙고는 입으로 도저히 말할 수 없는 것뿐이어서 잘 쓰지 못하는 글이지만 적어 보냈습니다. 봐주신다면 화가 조금은 줄어들 거라 생각했습니다. 여러 가지로 사죄 말씀을 드릴 생각이었지만 이렇게 뵙고 보니 면목도 없고 슬프기도 해서 말씀드리지도 못하겠습니다. 간이치 씨, 도저히 올 수 없는 곳에 이렇게 온 것은 죽을 각오를 한 것이라 생각해주십시오."

"그게 무슨 말이지?"

"이렇게 죽을 각오를 하고서라도 꼭 말씀드릴 것이 있으니 귀찮으시더라도 꼭 좀 들어주십시오."

눈물을 흘리며 발밑에 엎드리는 미야를 향해 간이치는 눈길도 주지 않았다.

"육년 전 일 월 십칠 일, 그때를 기억하고 있나?"

"……."

"자아. 어때?"

"저는 잊지 않았습니다."

"음, 그때의 간이치의 심정을 오늘은 네가 뼈저리게 맛보아라!"

"용서해주세요."

앗 하는 사이에 나가버린 간이치. 아, 미닫이는 철벽보다 단단하게 닫혀버렸구나. 미야는 그 마음에 가득 차 소망을 잃고 갑자기 넙죽 엎드렸다.

"도요, 도요!" 하고 가정부를 부르는 소리가 복도 건너 별채에서 들려오더니 곧바로 달려가는 발소리가 울렸다. 얼마 안 있어 돌아온 가정부가 객실에 나타났다. 미야는 아직도 머리를 들지 않고 있었다. 틀어올린 머리는 가련하게도 옷깃 언저리 깊이 자리잡고 있었고 옅은 황갈색의 장식용 깃에 돋을무늬로 짠 오글비단의 겹옷을 포개 입은 단정한 차림은 말할 수 없이 아름다웠다. 부드러운 어깨 모양으로 엎드려 있는 등에 금색 바탕에 몇 가지 색실로 무늬를 짜 넣은 띠를 바싹 졸라매고 남빛 안자락은 어지러이 흩어진 채 흰 명주 손수건에 눈물을 감추는 손가락에는 빨갛게 하얗게 반짝이는 모양이 꼭 동화에 나오는 그림을 볼 때의 기분이어서 이 아름다운 여인에게 무슨 일이 일어났을까 하고 도요는 두렵기만 했다.

"저, 말씀드리겠습니다. 주인은 편찮으셔서 방금 공교롭게도 갑자기 기분이 좋지 않으셔서 대단히 죄송스럽게 됐습니다만 도중에 자리를 뜨셨습니다. 죄송합니다만 모쪼록 오늘은 그만 돌아가시기 바랍니다."

미야는 얼굴을 가린 채 눈물을 흘쩍거리면서 말했다.

"네, 그렇습니까?"

"애써 찾아오셨는데 정말로 딱하게 되었습니다."

"곧 갈 준비를 하겠으니 잠깐만 더 있게 해주십시오."

"네네, 염려 마시고 천천히 하십시오. 또 뭔가가 내리기 시작해서 오늘은 오히려 추울 정도입니다."

그녀가 나간 뒤에도 미야는 몸차림을 하는 것도 아니고 방금 숨을 되돌린 사람처럼 축 늘어져 있었다. 한참 지났는데도 떠날 기미가 없는 것을 보고 가정부는 다시 들어왔다. 미야는 그때 갑자기 옷매무새를 고치며 말했다.

"그럼 이제 가야겠습니다. 잠깐 인사라도 드리고 싶으니 어디에 누워 계신지……."

"제, 저 조금도 신경쓰지 마시고……."

"아니예요, 잠깐 인사라도."

"그렇습니까? 그럼 이쪽으로."

주인이 탐탁해하지는 않으리라 여겼지만 가정부는 어쩔수없이 건넌방으로 안내했다. 어젯밤 그대로 거두지도 않은 잠자리 속에 간이 치는 옷 입은 그대로 엎어져서, 솜을 둔 잠옷도 맨 아래쪽에 발로 차두고 베개는 간신히 그 끝에 몇 번이고 자리를 바꾼 머리를 얹어놓고 있었다.

뜻밖에 미야가 들어오는 것을 보고 일어나려는 그의 곁에 벌써 여인은 쓰러지면서 일어서려던 옷자락을 붙들고 더욱더 달라붙어서 말도 하지 않고 흐느껴 울었다.

"이게 무슨 짓이야!"

물리치려는 사나이의 손을 미야는 두 손으로 꽉 잡았다.

"간이치 씨!"

"무슨 짓을 하는 거야. 이 철면피 같은 것!"

"제가 잘못했으니 용서해주세요."

"에이, 시끄러워! 이거 놓지 못하겠어."

"간이치 씨."

"그래도 놓지 못해. 에잇, 정말!"

그 몸을 방패로 미야는 놓지 않으려고 티격태격하면서 더욱더 움켜 쥐었다. 두 사람의 얼굴은 서로 숨이 느껴질 정도로 가까이 닿았다. 평생 다시는 보지 않겠다고 맹세했던 그 사람의 얼굴, 여전히 아름답지만 이제는 예전의 미야가 아닌 그녀와 난 어떻게 여기서 만나고 있는 걸까! 간이치는 비몽사몽간에 그녀를 지켜보았다. 미야는 감회가 복받쳐 미치지 않는 것만도 이상할 정도였다.

그녀는 사람의 머리보다 큰 다이아몬드를 원하기에 간이치의 붙잡은 손을 놓고 말았다. 위대한 다이아몬드구나. 아무리 큰 다이아몬드라도 사람의 마음 속 가장 작은 진실에는 미치지 못한다는 사실을 미야는 마침내 깨닫게 되었다. 그녀의 다이아몬드는 그다지 큰 것은 아니었지만 그녀가 버린 사람의 진실이란 무한한 것임을. 아아, 지금은 어디에 있단 말인가. 일찍이 진실을 베풀었던 그의 손은 차갑기만

하다. 그 손을 헛되이 붙잡고 울기 위해 온 미야의 뉘우침은 실로 얼마나 대단한 것인가.

"어서 돌아가요!"

"이제 다시는 찾아오지 않겠으니 오늘은 어쨌든 용서해주시고 때리든 치든 좋을 대로 하세요. 그래서 조금이라도 기분이 풀리시면 제가 온 이유를 들어주십시오."

"허, 귀찮군!"

"그럼 때리든지 치든지 해서……."

미야가 몸부림치면서 매달리자 그는 한 마디 했다.

"그런 걸로 내 마음이 풀릴 거라고 생각하나? 죽여도 시원치 않다."

"네, 죽여도 좋습니다! 죽여주세요. 저는 그랬으면 좋겠어요. 자아, 어서 죽여주세요. 죽어버리는 게 낫겠어요."

"네 손으로 죽어!"

그는 손수 이 몸을 죽이는 것마저 떳떳하지 못하다고 나를 경멸하는건가. 미야는 너무 가혹하다는 생각이 들어 입술을 깨물었다.

"죽어, 죽어. 넌 이미 날 버렸으니 이제 와서 꼴 사나운 짓 하지마. 왜 죽을 때까지 당당하게 버리지 못하지?"

"저는 처음부터 당신을 버릴 생각은 없었습니다. 그러니까 차분히 말씀드리고 싶은 것입니다. 죽어 버리라고 하지 않으셔도 저는 이미 오래전부터 살아 있다는 생각이 들지 않았습니다."

"그런 말은 듣고 싶지 않아. 이봐, 이제 어서 가라구!"

"돌아가지 않겠습니다! 저는 어떠한 일이 있어도 이대로는 ……돌아갈 수 없습니다."

미야는 그의 손을 더욱더 움켜쥔 채 남편이나 세상에 대한 체면도 잊어버리고 다만 자기 생명과 같은 사람을 잃지 않으려고 필사적이었다.

마침 그때 마루에서 발소리가 들려오자 간이치는 가정부가 다가온다고 하면서 손을 뿌리치려 했다. 그러나 미야는 더욱더 움켜쥐면서 모양새마저 고치려 하지 않았다.

발소리가 미닫이 밖에 닥쳐왔다.

"이봐, 누가 와."

"……."

미야는 오로지 온힘을 다했다.

갑자기 이런 모습을 본 가정부는 절반쯤 열린 미닫이 뒤로 물러서서 말했다.

"아카가시 씨가 오셨습니다."

갑자기 간이치의 얼굴에 난처한 빛이 떠올라다.

"아아, 지금 그쪽으로 가겠소- 이봐, 손님이 오셨으니까, 이제 그만해. 놔요, 손님이 왔다는데 어떻게 하려고 그래?"

"그럼 저는 여기서 기다리겠습니다."

"맘대로 해! 이 손을 놔."

그는 미야를 마구 비틀어 넘어뜨리고는 그녀가 일어나서 똑바로 앉기도 전에 나가버렸다.

제6장2

객실 밖에 벗어놓은 보랏빛 여자 외투를 눈여겨본 미쓰에는 일찍이 알지 못했던 그 은밀한 손님에 대해 캐묻지 않고는 견딜 수 없었다. 또 그녀 덕분에 언제나 풍족한 생활이 가능한 나이든 가정부는 경위를 세세히 고하는 수고를 아끼지 않았다. 드디어 왔구나하고 마음속으로 생각하면서 열화와 같은 분노와 함께 가증스러운 사람 일찍도 왔구나, 대체 어떤 얼굴로 나를 대할 것인가 하고 애가 타서 기다리고 있는데 한참 기다려도 좀처럼 간이치가 나오지 않았다. 더구나 건넌방에서는 거의 인기척도 없이 조용하기만 하자 나 모르게 하는 생각이 들어 미쓰에는 더 이상 참을 수가 없었다.

"도요 씨, 다시 한 번 주인어른께 말씀드려주세요. 오늘은 내가 바쁘니 잠시 뵙자구요."

"하지만 저는 정말로 가기가 어렵습니다. 왜 그런지 얘기가 아주 복잡한 것 같아요."

"상관없어요. 내가 그렇게 말했다고 하세요."

"그럼 그렇게 말씀드리고 오겠습니다."

"그래요."

가정부는 가서 미닫이 밖에서 말했다.

"주인어른, 주인어른."

"여긴 안 계십니다만."

이렇게 대답한 사람은 손님의 목소리였다. 도요는 미닫이를 열었다.

"아니, 어찌 된 일이니까?"

눈앞에 주인은 없고, 꼭 주인인 간이치가 있는 것처럼 바로 그 베갯머리에 앉아 있는 손님은 여전히 슬픔에 잠긴 얼굴로 머리카락은 약간 헝클어지고 왼쪽 아귀는 6센티미터쯤 터진 모습 그대로 있다가 갑자기 옷매무시를 고치며 말했다.

"방금 그쪽으로 가셨습니다만……."

"네, 그렇습니까?"

"그쪽 손님에게 가신 게 아닙니까?"

"아니요, 저쪽 손님께서 바쁘시다고 재촉하셔서 그렇게 말씀드리러 왔는데요. 그렇다면 어디로 가셨을까요!"

"그쪽에도 안 계신가요!"

"그렇습니다만."

가정부는 얼른 발길을 돌려 미쓰에 앞으로 가서 말했다.

"이쪽에도 안 계십니까?"

"누가?"

"저어, 저쪽에도 안 계십니다만."

"주인어른이? 어째서?"

"방금 이쪽으로 나가셨다는 거예요."

"거짓말, 거짓말이에요."

"아닙니다. 저쪽엔 손님 한 분만……."

"거짓말이에요."

"아니예요, 천만에요, 결코 거짓말이 아닙니다."

"아니 어떻게 그런 일이 있을 수 있어요?"

"잘 모르겠습니다."

"이상한데. 그럼 화장실에 가셨나."

그쪽을 찾아보려고 그녀는 다시 황급히 나갔다.

기다렸던 보람도 없이 이렇듯 창피를 당한 나는 어떻게 하면 좋단 말인가 하며 미쓰에는 원통함을 풀 길이 없어 안색이 달라지면서도 조금도 동요하는 기색도 없이 갈팡거리지도 않고 알고도 마신 독의 효험을 참고 견디는 것처럼 말도 하지 못하고 남몰래 괴로워하고 있었다. 미야는 그가 피해버리자 믿고 의지했던 것이 끊어져버려 더 이상 있어봤자 희망도 없고 더구나 돌아갈 힘도 없었다. 죄의 응보는 슬프구나, 언제까지 허망한 내 신세인가 하고 불쑥 엎드리다가 우러러보다가 하며 한숨을 쉴 뿐이었다.

쏴하고 하늘이 어두워지더니 처마를 때린 센 빗발이 보얗게 보였다. 찬장, 받침 외에는 찾을 만한 곳도 없어서 결국 주인을 찾지 못한 가정부는 어찌 된 일인지 전혀 영문을 모르겠다는 얼굴로 다시 건넌방으로 들어왔다.

"아무 데도 안 계십니다만……."

"어머, 그래요? 그럼 밖에 나가신 게 아닐까요?"

"글쎄요, 도대체 어찌 된 일인지 모르겠어요. 저쪽에도 이쪽에도 손님을 내버려두시다니 이상한데요. 나가시지는 않으셨을 텐데요. 집 안에는 아무 데도 안 계신 걸 보니 나가신 것 같기도 하군요. 그렇더라도…… 잠시 실례하겠습니다."

그는 다시 급히 미쓰에한테 가더니 사정 얘기를 했다.

"아니예요, 제가 확인하고 왔습니다. 건넌방에는 계시지 않아요. 그건 분명합니다."

그녀가 갑자기 생각이 나서 신발을 확인하려고 일어서자 따라 일어선 미쓰에는 툇마루 쪽으로 나가는 듯 하더니 거침없이 건넌방 쪽으로 갔다.

미야는 누가 무슨 일로 들어오는지도 모른 채 놀라면서 그녀를 맞으며 모양새를 고쳤다. 자기의 연인의 연인을 보러 이곳에 온 미쓰에는 의외로 적이 자기보다 젊고 아름답고 귀여운 데다 자기보다 고상한 여자를 보고 분함과 질투가 샘솟았다. 그리고 오직 이 여자가 귀엽고 사랑스러운 나머지 그는 자기의 애정도 정성도 모른체하는 것이라는 생각이 들었다. 그러자 온 마음을 쏟은 힘이 바뀌어 바위라도 뚫을 듯한 기세로 그녀에게 달려들고 싶어졌다.

미야는 약간 수줍어하면서 나뭇잎 사이에 숨은 늦게 핀 꽃처럼, 미쓰에는 초저녁달이 시원스러운 용마루를 떠나듯이 산뜻한 모습으로 나서서 서로 인사를 건넸다.

"처음 뵙겠습니다. 하자마 씨의…… 친척이십니까?"

이것은 얄미운 사람을 한번 응징하려는 미쓰에의 저의였다.

"네, 친척뻘이 됩니다."

"어머, 그렇습니까? 저는 아카가시 미쓰에라고 하며 하자마 씨하고는 몇해 전부터 가깝게 지내고 있는 사이로 이제는 친척처럼 가깝게 지내는 사이입니다. 늘 신세를 지고 또 미흡하지만 도와드리고도 있습니다. 늘 허물없이 지내고 있습니다만 여태까지 한 번도 뵙지 못했습니다."

"네, 바로 얼마 전까지 오랫동안 먼곳에 가 있어서."

"아, 그랬군요. 아주 먼곳이었나요?"

"네…… 히로시마에 있었습니다."

"그럼 지금은 어디에 계신가요?"

"지금은 이케노하타(池端)에 있습니다."

"네, 이케노하타, 좋은 곳이죠. 하지만 전부터 하자마 씨 말로는, 자기한텐 친척도 아무도 없으니 모쪼록 친척처럼 후세까지 지내자고 하셔서 저는 그렇게만 믿고 있었습니다. 이렇게 여쭤보니 훌륭한 친척이 계신데도 어떤 의도에서 그런 말을 했을까요. 친척이 계시다는 걸 숨기실 필요가 뭐 있다고 말예요. 그분은 가끔 사람을 냉랭하게 대할 때가 있으시긴 합니다만."

미야의 마음 속에 의심이 생겨나기 시작했다. 부친이 전에 병원에서 보았을 때 간이치와 보통 관계가 아닌 것 같다고 말한 바로 그 여자인 것 같았다. 그렇다면 손님이 왔다는 것도 거짓말로 혹은 내연의 처로 하여금 나를 혼내주고 내쫓으라고 한 것일까. 그렇지 않으면 그 사람이 이것보라는 듯이 이곳으로 끌고 나온 것일까. 새삼 부친의 말이 틀리지 않았다는 생각을 하면서 미야는 원수 때문에 병든 것을 다시 채찍질당하는 느낌이 들었다. 더 이상 있을 수 없는 오늘의 이 장소를 이제 그만 깨끗하게 일어서려 했지만 어디엔가 숨어 있는 그 사람이 내가 돌아가는 것을 기다렸다가 갑자기 나타나서 이 여자와 손을 잡고 얼굴을 마주보면서 가엾은 나를 비웃고 욕할 것이 틀림없다, 그렇게 생각하니 견딜 수 없이 분해서 어찌해야 좋을지 몰라 괴로움에 망설이고 있었다.

"오랜만에 힘들게 찾아오셨는데 공교롭게도 급한 일로 심부름꾼이 와서 나가셨습니다. 좀 먼곳이어서 밤이 되어야 돌아오실 것 같습니다. 가까운 시일내에 다시 한 번 놀러오십시오."

"뜻하지 않게 오래 앉아 있었습니다. 부인 역시 용건이 있으셨던 모양인데 본의 아니게 폐를 끼쳐서 죄송합니다."

"아닙니다. 우리는 자주 왕래하고 있어서 조금도 염려하지 않으셔도 됩니다. 부인이야말로 무척 아쉬우시겠어요."

"네, 정말로 아쉽습니다."

"그러시겠죠."

"사오년 만에 만났으니 여러 가지 옛이야기도 하면서 오늘은 하루 종일 있다 가려고 기대에 부풀어 왔었는데 정말로 아쉽습니다."

"대단히 섭섭하게 됐군요."

"안녕히 계세요. 저는 이만 실례하겠습니다."

"돌아가시겠습니까? 마침 비가 덜 오기는 합니다만."

"아니에요, 아무리 많이 내려도 인력거가 있어서요."

서로가 증오스럽구나, 정말 분하구나. 격전을 벌이는 마음의 칼을 가까이 두고 그들은 서로 다시는 만나는 일이 없기를 마음속으로 빌면서 헤어졌다.

제7장

집안을 구석구석까지 찾아보아도 없고 이제 곧 어디선가 돌아오리라고 언제까지 기다려도, 모습을 감춘 간이치는 내 집이면서도 편히 있을 수 없어 난처한 나머지 우산도 쓰지 않고 뒤뜰 일각 대문으로 몰래 빠져나갔다.

그러나 재빨리 달아날 생각만 했기에 갈 곳도 정하지 않고 짓궂게 쏟아지는 비를 간신히 남의 집 처마밑으로 피해가면서 발길 가는대로 터벅터벅 걸어가다가 요즘 가끔 다니고 있는 기원 앞에 이르렀을 때 어떻게 되겠지 하고 그곳으로 뛰어들어갔다.

손님은 세 조뿐이었는데 각기 조용히 창가의 대나무잎이 바람에 살랑거리는 소리를 들으면서 마주대하고 있는 객실에 자리하고 있었으며 그 안쪽에 주인이 있었다. 간이치는 주인의 곁을 지나서 우선 젖은 옷을 말리려고 화로로 다가갔다.

이상하게 여기며 묻는 말에는 자세히 대답하지 않고 간이치는 오늘 일어난 너무나도 이상한 사건의 후유증으로 지금도 뛰는 가슴속에 통절한 느낌으로 회상이 되면서 또한 공허하게 마음은 아프고 놀랐지만 화를 내야 할지 아니면 불쌍히 여겨야 할지 슬퍼해야 할지 원망해야 할지 기뻐해야 할지 위로해야 할지 알 수가 없었다. 오장은 죄다 불타오르고 사지는 금방이라도 얼 것 같았다. 그는 이루 다 말할 수 없는 감정과 번민에 새롭게 휩싸였다.

주인은 간이치의 흠뻑 젖은 모습보다는 더욱더 수상쩍은 그 기색을 보고 묻지 않아도 뜻밖의 큰 사건이 있었다는 것을 쉽게 알 수 있었다. 이곳까지 몸을 피해왔지만 마음은 너무나 편치 않고 두 사람을 내버려두고 온 뒤의 일은 어떻게 되었을까, 또 내가 한 짓은 어땠는가 하고 어찌할 바를 모르고 갈팡거렸다. 뒤숭숭한 그의 마음처럼 어스레한 하늘에 찬 빗소리를 뚫고 삼면의 바둑판에 울리는 바둑알 소리가 끊어졌다 이어졌다 하면서 그윽한 정취를 자아냈다.

이때 주인은 창가의 승부전에 불려가고 간이치는 혼자 남아서 아직 다 마르지 않은 옷자락을 불에 쪼이면서 점점 더 갈팡질팡하고 있었다. 갑자기 사람들이 떠들기 시작한 것에 놀라 얼굴을 들어보니 기원 안에 있던 모든 사람들이 목을 길게 빼고 자기 쪽을 쳐다보며 고약한 냄새가 난다고 외쳐대기에 확인해보니 자기의 하오리 자락 끝이 불속에 떨어져서 검은 연기가 오르고 있었다. 즉시 비벼 끄자 사람들은 조용해지고 그도 역시 방금 전과 다름없는 자세로 돌아갔다.

한참 후 출입문 쪽에서 여자 목소리가 들렸다.

"저희 주인께서 혹시 이곳에 오시지 않았습니까?"

주인은 금방 수염이 텁수룩한 아래턱을 돌리며 말했다.

"아아, 안에 계십니다요."

간이치는 도요인가 하고 좁은 틈새로 엿보며 말했다.

"아, 우산을 가져왔소?"

"네, 이곳에 계셨습니까? 여기저기 꽤 찾아다녔습니다."

"그래? 손님은 돌아갔소?"

"아니요, 꼭 뵙고 가겠다고 하십니다."

"아직 있다고요?"

"네."

"그럼 아직 찾지 못했다고 말해둬요."

"그러면 집으로 가시지 않겠다는 말씀이신가요?"

"좀 더 있다가 가겠소."

"곧 점심때인데요."

"괜찮으니 빨리 가요."

"주인어른께서는 아직 아침식사도."

"괜찮다는데!"

가정부는 우산과 굽 높은 나막신을 남겨둔 채 풀이 죽어 돌아갔다. 간이치도 곧 불에 탄 소맷자락을 늘어뜨린 채 밖으로 나갔다.

그는 감정이 혼란해질 대로 혼란해진 이때 귀찮은 미쓰에와 실랑이 할 일이 지긋지긋하다는 생각이 들자 그녀가 돌아갈 때까지는 집으로 돌아가지 않겠다고 마음먹고 이미 소재가 알려진 기원을 나왔지만 뾰족하게 갈 곳도 없고 벌써 정오인데 아직 아침식사도 하지 않은 데다 돈 한 푼도 지닌 것이 없어 어쩔 도리 없이 여전히 비가 쏟아지는 거리를 멍하니 헤매고 다녔다.

초여름날은 길지만 겨우 몇 판에 꼭 꿈을 꾼 것처럼 아주 짧고 아쉬운 시간은 어느덧 저물고 마침 비도 멎어서 바둑 애호가들도 이내 바둑돌을 치우고 일제히 일어서서 돌아가려 하자 배웅하려는 주인이 다급하게 등불을 켤 때, 간이치의 모습은 비로소 자기 집 대문 앞에 나타났다.

그는 집으로 들어가자마자 소리를 쳤다.

"밥이요, 밥!" 하고 가정부를 재촉한 뒤 날렵하게 안방의 미닫이를 열자 어찌 생각이나 했으랴, 등불 앞에 사람의 그림자가 아른거렸다. 그는 선 채로 눈을 크게 뜨고 지켜보았다. 그러나 그 그림자는 등을 돌린 자세로 조금도 움직이려고 하지 않았다. 미쓰에는 아직도 가지 않았나 하며 간이치는 그만 혀를 차고 말았다. 여인이 계속 일부러 돌아보지 않자 간이치도 일부러 아무 말도 하지 않고 건넌방으로 가서 도요를 불러 옷을 갈아입고 밥상도 그곳으로 가져오게 했지만 웬일인지 반드시 들어와야 할 미쓰에는 식사를 다 끝내도 오지 않았다. 오히려 잘됐다고 생각하며 간이치는 지친 몸을 편안하게 쭉 뻗고는 팔베개를 한 뒤 장지문의 달빛을 받으며 잠시 담배를 피우고 있었다.

결코 그립지는 않지만 괴로운 듯이 여윈 미야의 얼굴이 떠오르며 모기 한 마리가 윙하고 귀찮게 날아다니면서 귀에 거슬리듯이 그녀의 슬픈 하소연도 따라서 눈앞에 아른거리면서 아직 돌아가지 못하고 여기 어디 숨어 있지나 않을까 하는 생각이 들어 바람 소리에도 몇 번이나 머리를 든 간이치는 바삭하고 장지문에 흔들리는 대나무 그림자를 의심쩍은 눈으로 쳐다보았다.

미야가 왜 지금까지 여기에 있겠는가, 여긴 나 혼자인 것을. 생각해보니 그녀가 뉘우쳤다고 한 말은 진실인 것 같았다. 내가 죽어도 용서 할 수 없다는 것도 진실이었다. 그녀는 뉘우쳤다. 내가 용서하면 될 텐데, 그런데 용서하지 못하고 그렇게 멀리한 것도 이상하게 서글프고 외로웠으며 설명하기 어려운 원망에 더해 어떤 불쌍한 생각마저 들었다. 너무나 어슴푸레한 오늘밤의 달빛이야말로 그 가련함을 닮았다고 바라보면서 남을 미워하는 것보다는 저가 저산이 더 안됐다는 생각이 들었다.

그는 마침내 견딜 수 없는 기분으로 장지문을 열자, 시원한 하늘에 걸린 반달이 정면으로 그의 얼굴을 비추었다. 그는 근심스러운 눈빛으로 또한 세차게 그 달빛을 바라보았다.

"하자마 씨."

아직도 이 집에 있다는 것을 잊었던 사람의 지겨운 소리에 돌아보니 벌써 뒤에 앉아 있는 미쓰에는 여느때처럼 미소도 띄우지 않고 안색도 유난히 생기 없어 보여 그는 곁눈도 주지 않고 한심스럽다는 생각이 들었다.

"아아, 아직 계셨습니까?"

"네, 있었습니다. 정오 전부터 기다리고 있었습니다."

"아, 그랬습니까? 이거 대단히 죄송합니다. 그래 무슨 급한 용건이라도."

"급한 용건이 아니면 기다리고 있어선 안되나요?"

갑자기 말투가 거칠어진 것에 놀란 간이치는 멍하니 여자의 얼굴을 바라볼 뿐.

"언짢으시겠지요. 그건 저도 잘 알고 있습니다. 첫째 제가 기다리고 있는 곳보다는 오늘 제가 찾아온 것이 더 언짢으셨겠지요. 갑자기 뛰어들어 즐거운 자리를 방해해서, 하자마 씨, 정말 죄송하게 됐습니다."

그 눈빛은 원망의 칼끝을 드러내면서 사나이의 얼굴을 꿰뚫듯이 바라보았다.

간이치는 쓴웃음을 지었다.

"무슨 말을 그렇게 함부로 하십니까?"

"이제 와서 숨기실 필요가 뭐 있으세요? 젊은 남자와 여자가 방안에서 붙들고 착 달라붙고 울고 웃고 했다면 이유는 뻔한 게 아닐까요. 저는 저쪽 방에 있었지만 상황은 대충 알고 있었어요. 전 일고여덟 먹은 아이가 아닙니다. 그 정도의 일은 누구나 다 즉시 눈치챌 수 있는 거 아니겠어요? 그리고 당신이 나가자마자 저는 이 방으로 들이닥쳐서 그 부인을 만났습니다."

지겨워서 건성으로 듣고 있던 간이치도 이 대목에 이르자 귀를 기울였다.

"그리고 여러 가지 얘기를 듣고는 두 사람 사이도 잘 알게 되었습니다. 그분도 말하지 않아도 될 곳을 얘기하는 통에 무척 귀에 거슬리는 얘기까지 듣게 되었습니다."

아뿔싸 하고 간이치는 은근히 어찌할 바를 몰라 주먹만 불끈 쥐었다. 미쓰에는 그래도 부족하다는 듯이 계속했다.

"하지만 하자마 씨, 과연 당신은 놀라운 분이세요. 저는 탄복하고 말았습니다. 이렇게 말해도 될지 모르지만, 당신의 솜씨에 놀랐습니다. 그런 아름다운 부인과 가까이 지내면서도 세상 사람들에게는 마치 가시가 돋힌 듯한 괴짜로 통하며 그런 면으로는 아주 깨끗한 척하면서 오늘 아침까지 몇 해를 비밀로 숨긴 멋진 솜씨에 놀라서 저는 그만 한마디도 할 수가 없었습니다. 사람들이 흔히 무섭다고 하는 말은 바로 당신 같은 분을 두고 하는 말 같습니다."

"이제 그 쓸데없는 말일랑⋯⋯.당신 그게 뭡니까?"

"입으로는 그렇게 말씀하시지만 사실은 기쁘시죠? 이런저런 즐거운 생각을 하시는 거예요! 그렇게도 그립습니까?"

그래서 내가 나간 뒤를 걱정했건만 역시 이런 불상사가 생겼구나, 재미없는 자의 눈에 띄었구나, 하며 간이치는 아주 안타깝고 기분이 좋지 않았다. 말하는 것도 고통스러운 입술을 다물고 그저 달을 바라보고 있자 여자는 간이치의 얼굴을 지그시 응시하면서 눈을 떼지 않았다.

"하자마 씨, 그렇게 입을 다물고 계실 필요까진 없잖아요. 그렇게 아름다운 분을 보신 뒤에는 저 같은 것하고는 말도 하기 싫으시겠죠. 저는 이해합니다. 그러니 결코 끈덕지게 말하지는 않겠습니다. 잠시 드릴 얘기가 있으니 모쪼록 그 말만 하게 해주십시오."

간이치는 냉정하게 눈을 돌리며 말했다.

"무엇이든 말하세요."

"저는 이제 당신을 죽여버리고 싶습니다!"

"뭐라구요?"

"당신도 죽여버리고 그 여자도 죽이고 그리고 저도 죽어버리고 싶습니다."

"그것도 좋겠지요. 그렇지만 왜 내가 당신 손에 죽어야 하죠?"

"하자마 씨, 당신은 그 이유를 모른다는 건가요? 무슨 염치로 그렇게 말하는 거죠?"

"이건 괘씸한데! 뭐라구요?"

"괘씸하다뇨? 당신도 너무하신 거 아닐까요?"

이미 원망하고 분개한 미쓰에는 그때야 비로소 울기 시작했다. 전혀 있을 수 없는 일이라고 생각한 간이치는 오히려 터무니없는 행동으로 여겨졌다.

"당신은 제가 그렇게도 싫으십니까? 왜 그렇게 싫어하는 거죠? 이유를 말해주십시오. 저는 그걸 듣고 싶습니다. 꼭 들어야겠어요."

"내가 언제 당신을 싫어했습니까? 그런 일은 없습니다."

"그럼 왜 괘씸하다고 하셨죠?"

"괘씸하지 않습니까? 내가 왜 당신 손에 죽어야 합니까? 나는 결코 당신 손에 죽을 생각은 없소."

미쓰에는 분하다는 듯이 머리를 저으면서 말했다.

"있습니다! 충분히 있다고 믿고 있습니다."

"당신 혼자서 믿는다 해도……,"

"아니오, 혼자든 아니든 믿는 이상 저는 그것을 관철하겠습니다."

"나를 죽인다는 것입니까?"

"충분히 죽일 수 있는 일이니 각오를 하고 계십시오."

"하아, 알아모시겠습니다."

더욱더 중천에 오른 달빛에 뜰의 나무들과 풀의 그림자는 재미있게 그려지고 정원의 운치는 더했지만 처마 근처의 파초잎에는 이슬이 엄청나게 맺혀 있었다. 천천히 젖은 차가운 밤 공기는 질색이어서 도코노마의 탁상시계를 쳐다보며 말했다.

"이제 돌아가시는 게 좋겠습니다. 너무 늦었잖습니까?"

"싫습니다."

"아니, 그저 충고의 말씀을 드리는 것뿐이에요."

"그 충고가 싫다는 것입니다."

"아, 그렇습니까?"

"오늘 아침의 그분이라면 그런 충고 따위는 안하셨을 거예요."

그녀는 밉살스럽다는 듯이 내뱉고 나서 자신이 쏜 화살의 명중 정도를 알아보려고 잠시 사나이의 얼굴빛을 살피다가 말했다.

"도대체 그 여잔 누굽니까?"

개도 아니고 고양이도 아닌 그대와 같은 여자요, 라고 생각했지만 간이치는 말다툼은 어리석은 짓이라고 마음을 고쳐먹고 약간 불쾌한 기색만 나타냈다. 미쓰에는 더욱더 몸이 달아서 말했다.

"옛날에 가까이 지내던 사이라고 하던데 그녀의 모습은 장사꾼도 아니고 전혀 여염집 여자도 아닌 것 같더군요. 당신도 꽤나 이상한 취미를 갖고 계시군요. 하지만 하자마 씨, 그 여잔 주인이 있는 꽃이에요."

너무 함부로 말한다는 생각은 들었지만 어찌하리, 간이치의 가슴은 은근히 뛰는 것을.

"글쎄요."

"그런 여자와 놀아나면 재미가 아주 좋으시겠지만 그 대신 죄도 더 커지죠. 당신이 지금까지 교묘하게 숨겨온 이유도 그래서 잘 알게 되었습니다. 이 일만은 공공연히 자랑할 수 없는 것이 아니겠어요. 비밀로 하는 게 당연하지요. 그 엄청난 비밀을 딴사람도 아니고 당신이 그토록 싫어하는 제게 들키고 말았으니 얼마나 괴로우시겠어요? 충분히 이해합니다. 하지만 제 입장에서 보면 이만큼 다행스런 일도 없습니다. 당신이 너무도 고집스럽게 다른 사람을 괴롭히고 있으니 이번에는 제가 이것으로 실컷 괴롭혀드리죠. 그렇게 알고 계십시오!"

다 듣고 난 간이치는 낄낄 웃었다.

"당신은 머리가 어떻게 된 것 아닙니까?"

"약간은 이상해졌을 거예요. 누가 날 이렇게 미치게 했습니까? 제가 돌았다면 오늘 아침부터 돈 거예요. 여기 와서 돌았으니 제정신으로 돌아가게 해주세요."

그녀는 점점 간이치에게 다가갔다. 야비하고 괴롭긴 했지만 피할 수도 없고 고약한 냄새에 코를 싸매는 기분이어서 간이치는 자꾸 몸을 옆으로 돌렸다. 미쓰에는 더 가까이 다가오며 말했다.

"그래서 당신에게 한마디 물어볼 말이 있습니다만 모쪼록 싫다고 하시지 말고 당신의 생각 그대로를 분명히 말씀해주십시오. 어떻습니까?"

"뭔데요?"

"뭔데요는 안됩니다. 좋다고 흔쾌히 말씀해주세요, 어서요, 어서."

"하지만……."

"하지만은 안돼요. 제 말이라면 언제나 내키지 않게 대답하시는군요. 별로 폐가 되는 일은 아닙니다. 제 얘기에 대해 당신의 생각을 대답만 해주시면 됩니다."

"물론 대답하겠어요. 그건 당연한 일이잖소?"

"당연히가 아니라 조금도 숨김없이 아주 솔직히 말해주세요."

간이치는 좋다고 고개를 끄떡였다.

"그럼 분명히 말씀해주십시오. 하자마 씨, 당신은 저를 귀찮은 여자로 생각하고 계시죠? 그런 줄 알면서도 당신의 괴로움도 상관없이 역시 이렇게 따라다니는 것은 제 입으로 말하긴 우스운 일이지만 저는 사실 당신을 한시도 잊은 적이 없습니다. 아무리 생각한다 해도 원래 저를 싫어하시니, 그런 노래가 있잖아요, 흘러가는 물 위에 숫자를 쓰는 것보다 덧없는 일은 나를 생각하지 않는 사람을 생각하는 것이다라는. 바로 그렇게 흘러가는 물 위에 숫자를 쓰는 것 같아서 제 소원이 이루어지기란 도저히 불가능한 일이겠지요. 그렇게 알고 있으면서도, 그래도 하자마 씨, 저는 이 일만은 단념할 수 없습니다. 나 같은 여자가 당신에게 있다는 것은 당신도 알고 계시겠지요. 제가 당신한테 빠져 있다는 것 말입니다. 알고 계시죠?"

"그렇군요…… 하긴 그럴지도 모르겠습니다만……."

"무슨 말씀을 하시는 거죠? 그럴지도 모른다니요! 그렇지 않다면 제가 당신에게 귀찮은 존재가 아니겠어요. 끈질기게 구니까 귀찮아하는 것 정도는 아니시잖아요?"

"듣고 보니 그런 것 같군요."

"당신이 몹시 싫어하는데도 불구하고 제가 이렇게 생각하고 있다는 것을 잘 알고 계실 텐데요."

"그래요."

"그래서 이제까지 이런저런 식으로 말씀드린 일이 있었습니다만 당신은 조금도 들어주시지 않으셨어요. 그건 표면의 이치에서 말한다면 무리한 부탁이었는지도 모르지만 저는 저대로 생각한 바가 있어서 결코 당신이 말하는 것 같은 도리에 어긋난 일이라고는 생각하지 않습니다. 설사 그렇다 해도 이 일만은 다른 일과는 달리 서로 생각이 통하기만 하면 도리고 뭐고 다 소용없는 겁니다. 다시 말해서 당신은 처음부터 그걸 구실로 회피하고 있었다는 게 분명합니다. 하지만 사람들로부터 괴짜라느니, 옹고집쟁이라는 말을 듣는 분이기에 과연 무뚝뚝하고 고집이 세서 연애 같은 건 조금도 관심이 없기 때문에 제 마음도 이해해주지 않는 거라고 생각하면서 실은 당신의 그 고집을 안타깝게 여겼었는데…… 그런데!"

그녀는 말도 끝맺지 않고 담뱃대를 들더니 간이치의 무릎 옆을 단단히 결심한 힘을 다해 세게 내리눌렀다.

"무슨 짓을 하는 거요!"

뿌리치면 다시 그 담뱃대로 손이고 무릎이고 적중하는 것을 좋아하며 미쓰에는 다시 두드리기 시작했다.

무슨 짓이냐고 하며 놀란 간이치는 몸을 피할 새도 없이 서너 번 맞다가 드디어 그녀의 두 손을 잡아 눌러 못놀라게 하자 끌어앉혀진 미쓰에는 말도 없이 그의 넓적다리 근방을 달려들어 물어뜯었다. 발칙한 계집이구나 하고 격분한 나머지 간이치가 난폭하게 비틀어 뿌리치자 그녀는 간신히 매달리면서 얼굴을 비벼대며 목메어 울었다.

간이치는 이상한 꼬락서니에 기가 막혀서 말도 나오지 않았다. 겨우 울고 있는 그녀를 밀어내려 했지만 아교가 붙은 듯이 매달리며 더욱더 울었다. 눈물은 홑겹을 젖게 해서 이 매몰한 사람의 살갗까지 번져갔다.

내버려두면 점점 더 할 것 같아서 간이치는 가차없이 비틀어 떼어놓고는 일어서려 하자 그녀는 기회를 놓치지 않고 휘감으며 또 눈물에 젖은 얼굴을 비벼댔다. 참다 못한 간이치는 큰소리로 야단을 쳤다.

"무슨 짓을 하는 거요! 이제 그만 해줘요."

"……."

"그리고 빨리 돌아가요."

"돌아가지 않겠습니다!"

"돌아가지 않겠다고? 그럼 좋소, 이제 내일부터는 다시는 오지 못하게 할 테니 그리 아시오."

"저는 죽어도 찾아오겠습니다!"

"지금까지는 참았지만 이젠 가만있을 수 없으니 아카가시 씨를 만나서 당신에 관한 일을 모두 말해버리겠소."

미쓰에는 비로소 눈물에 젖은 눈으로 그를 쳐다보았다.

"그래요, 말씀하세요."

"……."

"아카가시가 알게 되면 어떻게 된다는 거죠?"

간이치는 노발대발하며 떠들어댔다.

"당신은 …… 정말로,,,,, 놀라운 근성을 갖고 있군요! 아카가시가 당신의 누굽니까? "

"하자마 씨, 당신은 아직 아카가시를 나의 뭐라고 생각하고 계십니까?"

"괘씸하군요!"

그는 얄미운 여인의 광대뼈를 실컷 후려쳐서 박살내지 못하는 것이 분했다.

"필시 내 남편이라고 생각하시는 모양입니다만 결코 그렇지 않습니다."

"그럼 뭐요?"

"언젠가 말씀드렸습니다만 금력으로 저를 억지로 빼앗아서 마침내 이런 꼴이 되게 한 원수와 같으며 그렇지요, 남들은 부부라고 하겠지만 저 자신은 아무것도 아니라고 생각하고 있습니다. 그러니 제가 좋아하는 사람에게 빠져 있다 해도 전혀 지장이 없는 독신과 같은 몸입니다. 하자마 씨, 부디 아카가시를 만나게 되면 미쓰에 그 여자가 나를 좋아하는 바람에 어쩔 도리가 없어서 집의 식모로라도 받아줄 테니 그렇게 알고 말해주세요. 저는 도요의 심부름이나 하면서 여기서 평생 봉사하겠습니다. 아카가시에게 말하겠다고 하면 제가 무서워서 부들부들 떨 거라고 생각하신 모양인데 저는 놀라지도 두렵지도 않습니다. 오히려 저로선 아주 기쁜 일이고 아카가시 쪽은 어찌할 바를 모를 것입니다."

간이치는 아주 정나미가 떨어져서 뭐라 대꾸해야 할지 갈피를 잡지 못했다. 미쓰에도 너무 어이없다는 듯이 말했다.

"그건 사실입니다. 만약 얘기가 조금이라도 잘못되어 무슨 문제라도 생기면 저보다는 아카가시 쪽이 아주 곤란해진다는 것은 뻔한 일이니 저를 멀리하기 위해 얘기할 생각이시라면 말짱 헛수고가 됩니다. 아카가시는 저를 두려워하고 있지만 저는 그 사람을 조금도 두려워하지 않습니다. 하지만 애써 생각해내신 일일 테니 일은 해봐야 안다고, 하자마 씨, 아카가시에게 한번 말씀해보십시오. 저도 당신 일을 퍼뜨리겠습니다. 그런 유부녀와 놀아나면서 언제나 남의눈을 피해 만나고 있다는 것을 마구 퍼뜨리겠으니 어느쪽이 더 곤란해질지 한번 겨뤄봅시다. 어떻습니까?"

"남자 못지않게 현명한 당신인데. 지금은 당신답지 않소 역시 여자는 할 수 없군요."

"뭐라구요?"

"이봐요, 남자와 여자가 얘기를 했다 해서 그것이 밀회인가요? 또 스물 안팎의 여자라 해서 꼭 남편이 있는 법입니까? 천박한 억측도 억측 나름이지, 억지로 갖다붙이는 것치고는 정도가 너무 심하군요! 너무 무례해요! 말조심하십시오."

"하자마 씨, 잠깐 이쪽을 보세요."

손을 잡고 끌어당기자 내둘러 푼 뒤 간이치가 말했다.

"그럼 이제 당신은."

"귀찮으시죠?"

"물론이오."

"저는 이제부터 몸서리쳐질 만큼 귀찮게 해드리겠습니다. 방금 뭐라고 하셨죠? 천박한 억측이라고요? 당신이야말로 좀더 조심해서 말씀하세요. 당신도 남자라면 왜 떳떳하게 그렇다고, 여자가 있는 게 뭐가 잘못이냐고 솔직하게 말씀하시지 못하는 거죠? 하자마 씨, 저는 당신에게 그런 일을 이러쿵저러쿵 따질 자격이 없는 여자입니다. 아무리 그런 권리를 갖고 싶어도 가질 수 없는 처지입니다. 그러니 제 앞에선 그렇게 정색하고 대들면서 숨길 필요는 없지 않습니까? 사실 저는, 당신이 딴 곳에 사랑하는 사람이 수백 명 있다 해도 정나미가 떨어져서 당신을 포기할 그런 바람기 있는 형편없는 여자가 아닙니다. 또 당신 체면에 지장을 줄 비밀을 퍼뜨리고 다닌다 해서 이루어지지 않을 소원이 이루어질 리가 있겠어요? 어떻게 생각하고 계신지 모르겠지만 저는 그렇게까지 비겁한 여자는 아니라 자부하고 있습니다. 세상에 퍼뜨려서 당신을 난처하게 하겠다는 말은 당신이 얄미워서 해본 소리로 저는 결코 그럴 생각은 추호도 없으니 그렇게 아시고 기분나쁘게 생각하지 마십시오. 그만 말이 지나쳤으니 용서해주십시오. 이렇게 사과드립니다."

미쓰에는 너무나 겸손하게 그의 앞에서 머리를 숙였다. 얼마나 가련한 모습인가, 간이치는 어찌할 바를 몰라서 가만히 머리를 긁적거렸다.

"그래서 이제부터 새삼 특별히 부탁 말씀이 있습니다만 당신도 지금까지의 당신이 아니라 다른 사람의 마음을 충분히 이해하는 분이 되겠다고 말씀해주시기 바랍니다. 하자마 씨, 제발 가식없이 솔직하게 말씀해주십시오. 그래 주시겠죠? 새삼 말씀드리지 않아도 깊은 마음속까지 알아차린 당신은 잘 알고 계실 겁니다. 이제까지 아주 끈질기게 말씀드리겠습니다, 당신은 한결같이 저를 싫어하시고 조금도 제 말은 들어주시지 않았습니다. 그래요. 당신한테 그런 수치를 당하지 않고 빨리 단념해버리면 되는 것입니다. 이렇게 말하긴 뭣하지만 그래도 전 여자치고는 극히 미련없이 시원스럽게 구는 편이며 간단하게 결정해버리는 성격입니다. 그런데 이 일만은 정말 내가 생각해도 왜 이렇게 무기력한가 하고 안타까울 정도…… 이런 걸 가리켜 갈피를 못잡는다고 하는 거겠지요. 좀처럼 미혹되는 일이 없다고 자부했던 내가 당신 일만은 완전히 갈피를 못잡고 말았습니다. 그러니 다만 제 마음만을 이해해주신다면 숙원을 이루는 것입니다. 이렇게까지 열렬한 사람을 철저하게 싫어하시는 것은 어쩔 도리 없는 일이죠. 그렇지만 이렇게까지 연모하고 있는 것을 가엾게 여기시고, 그 본인은 마음에 들지 않더라고 그 심정만은 헤아려주실 수도 있지 않을까요? 결코 헤아려주시지 못할 분이 아니라는 것도 저는 오늘 아침의 일로 잘 확인할 수 있었습니다. 당신이 누굴 그리워하는 거나 누군가가 당신을 그리워하는 건 그리워한다는 점에서 똑같은 것입니다. 하물며 짝사랑으로 고민하는 사람의 마음은 얼마나 안타깝고 애달프겠습니까. 하자마 씨, 제가 당신을 죽이고 싶다고 한 말은 무리한 말일까요? 이런 못난 사람도 똑같은 하나의 인간이건만 당신을 위해서는 노예처럼 되어, 더구나 지금 당신의 말 한 마디만 들으면 그것으로 죽어도 한이 없다는 생각까지 하고 있는 것입니다. 그 점을 아신다면 아무리 좋아하지 않는 사람이지만 그저 명색뿐인 자비를 베푸는 셈치고 마지못해 승낙하실 수도 있지 않을까요? 저도 그렇게 곤란해하실 일은 바라지 않습니다. 그저 제가 만족할 만한 말씀 딱 한마디면 되니까 지금까지의 정으로 하자마 씨, 꼭 그렇게 해주십시오.”

마지막에 갈수록 떨리는 소리는 마침내 평소와는 다르게 들렸다. 그녀는 바로 그 한 마디를 위해서는 수천 엔의 공정증서를 무효로 해도 아깝지 않다는 기색을 나타내며 재촉했다. 숨은 죽이고 얼굴빛은 창백한 채 소매에서 칼을 꺼낼 것인가, 그 마음에서 미소를 꺼낼 것인가. 그녀는 이렇게 가슴 설레며 잠시도 그의 얼굴에서 눈을 떼지 않고 고통스럽게 지켜보았다. 간절하다면 실로 간절한, 가련하다면 또한 너무나 가련한 그녀의 마음을 간이치도 잘 알지만 자신이 사랑한다는 마음만으로 다른 사람과 바로 가까워질 수 있겠는가 하며 오히려 그녀의 집념이 견디기 힘들게 느껴졌다.

그렇지만 또한 인정상 바로 뿌리칠 수도 없는 상황이었다. 간이치는 잔뜩 찌푸린 눈살을 애써 펴며 말했다.

“그래서 당신이 만족하는 한 마디란? ……무슨 말을 하라는 겁니까?”

“정말이지 무슨 말을 그렇게 하십니까? 당신 자신이 해야 할 말을 다른 사람한테 물어보면 어떡합니까?”

“그건 그렇지만 저도 모르니까요.”

“알고 모르고가 어디 있습니까? 적당히 무슨 핑계라도 대고 발뺌을 하려고 하시니까 갑자기 생각이 나지 않는 것이며 제가 만족할 만한 한 마디란 하자마 씨, 달리 뭐가 있겠습니까?

“하긴 그거라면 알고 있지만…….”

“알고 계시다면 말씀 좀 해주십시오.”

"그건 알고 있지만, 당신의 말은 여러 가지로 자세히 얘기했으니까 어쨌든 그 심정만은 헤아려줄 수 있지 않느냐, 그것을 잘 안다는 대답을 해달라는 것이 아닙니까? 사실 그건 아주 어려워요. 그밖에 달리 표현할 말이 없는 것 같습니다."

"무슨 말이라도 좋으니 제가 만족할 만한 말을 해주십시오."

"그러니 뭐라고 해야 만족하시겠습니까?"

"이런 제 마음만 알아주신다면 그것으로 만족하겠습니다."

"당신의 마음은 무척 고맙게 생각하고 있습니다. 나는 길이길이 기억해서 잊지 않겠습니다."

"하자마 씨, 틀림없으시죠, 네?"

"물론입니다."

"틀림없죠?"

"틀림없어요!"

"분명히?"

"네!"

"그 증거를 보여주십시오."

"증거를?"

"네. 입에 발린 말만으로는 믿을 수 없어요. 그렇게까지 말씀하신 걸로 보아 아주 마음에 없는 말을 하신 것은 아니겠죠? 그렇다면 그럴 만한 증거가 있을 것입니다. 그 증거를 보여주세요."

"보여줄 수 있는 것이라면 보여드리겠지만."

"보여주시겠습니까?"

"보여줄 수 있다면야. 하지만……"

"그렇지 않아요. 당신이 보여주실 생각만 있으시다면……."

간이치는 날쌔게 장지문을 열고 이슬에 흠뻑 젖은 뜰로 뛰어내렸다.

그 뒤로 우뚝 나타난 미쓰에의 얼굴은 비스듬히 나뭇잎 사이로 차가운 달그림자를 머금으면서 여전히 불꽃처럼 타오르고 있었다.

제 8 장

집안에는 지금 나와 노파 외에는 손님도 없는데 여자 우는 소리, 욕을 퍼붓는 소리가 왜 들리는 건지, 혹시 내가 꿈을 꾸고 있는 것이 아닐까 하고 의심하면서 간이치는 베개를 쳐들고 이리저리 귀를 기울였다.

그 소리는 갑자기 떠들썩하게 서로 다투는 듯했으며 미닫이를 세차게 두드리는 소리는 한층 더 괴이했다. 잠옷을 걷어치우고 일어나서 나가려고 할 때 풀썩 미닫이가 넘어지면서 동시에 두 여인의 모습이 간이치의 눈앞에서 굴러나오면서 넘어졌다.

들볶인 듯한 쪽의 머리는 꼭 물에 떠 있는 말처럼 헝클어지고 걸친 코트에선 물이 뚝뚝 떨어질 만큼 비에 흠뻑 젖어 있었다. 그 사람은 일어나자마자 사나이의 얼굴을 보더니 아 기쁘구나, 아 그리운 님이여 하며 제정신이 아니었다.

"간이치 씨!" 하며 그녀가 기어오려 하자 연보라빛 하오리를 걸치고 속발을 한 뒷모습의 여인이 달려오더니 난폭하게 끌어앉혔다.

"어머, 간이치 씨!"

도움을 청하는 그 소리에 간이치는 몸이 으스러지는 듯한 슬픔을 느꼈다. 그의 머리에서 한시도 떠나지 않는 미야가 아닌가. 일곱 번 환생해도 그녀의 구애는 들어주지 않겠다고 거부한 보복으로 미쓰에는 자기에 대한 모진 처사를 미야에게 그대로 앙갚음하면서 아까부터 때리고 욕을 퍼부었으며 그것도 성에 차지 않아서 내 눈앞에서 괴롭히는구나 하는 생각이 들자 간이치는 견딜 수 없어서 떨고만 있었다. 미쓰에는 제멋대로 미야를 붙들고 꼼짝도 못하게 한 뒤 천천히 간이치를 뒤돌아보면서 말했다.

"하자마 씨, 당신의 소중한 연인이란 바로 이것이지요?"

그녀는 목덜마의 머리끄덩이를 잡아끌어서 미야의 얼굴을 잘 보이게 하며 말했다.

"이 여자죠?"

"간이치 씨, 저는 분해죽겠어요. 이 사람은 당신의 아내입니까?"

"내 아내라면 어쩌겠소?"

"간이치 씨!"

그녀는 발버둥치며 외쳤다. 미쓰에는 즉각 그녀를 비틀어 엎어 누르고 말했다.

"이봐 시끄러워! 간이치 씨는 그대로 내버려둬도 되잖아? 당신보다는 내가 하자마 씨에게 할 말이 많으니 좀 조용히 하고 들어보라구. 하자마 씨, 제 생각엔 이런 여자가 당신에게 끈질기게 붙어다니니까 아무리 말씀드려도 제 얘긴 들어주지도 않는 거예요. 당신은 그렇게 미련이 있다 해도 일찍이 이 여잔 당신을 버리고 딴사람한테 시집가 버린 실로 짐승보다 못한 매몰찬 여자가 아닙니까- 저는 잘 알고 있습니다. 당신도 과히 남자답지 않군요. 얼마나 사랑하셨는지는 모르겠지만 일단 애정을 끊고 달아난 여자를 언제까지 연연해하며 우물쭈물하실 겁니까? 어쩌면 그렇게도 무분별하세요! 당신은 그래도 사나이라 할 수 있나요? 저라면 이런 여자는 단숨에 찔러 죽여버리겠습니다."

미야는 일어나려 했지만 다시 눌린 채 소리도 내지 못했다.

"하자마 씨, 당신은 제 얘기에 그건 사람의 도리에 어긋난다는 등 불의라는 등 정말 훌륭한 말씀으로 대꾸하셨어요. 그렇게 의지가 굳은 당신이 어찌 이런 음란하고 사람답지 못한 여자를 순순히 살려두고 있습니까? 그건 제게 하신 말씀에 대해 면목이 서지 않는 처사가 아닐까요? 왜 쳐죽이지 않습니까? 저는 두 번 다시 당신에게 아무 말도 하지 않겠으니 당신도 보라는 듯이 이 여자의 목을 치십시오. 그러지 않으면 제 체면도 말이 아니게 됩니다. 하자마 씨, 왜 그러고 계십니까? 빨리 어떻게 하셔야 당신도 사나이로서 체면이 설 것 아닙니까. 만일의 경우 당신의 솜씨가 무디어져도 결코 실수하지 않도록 제가 잘 드는 비수를 드리지요. 자 하자마 씨, 이것을 받으세요."

그녀가 품속에서 꺼낸 것은 검정빛 옻칠로 윤을 낸 번쩍거리는 단도였다. 간이치는 그 살기에 손끝 하나 움직이지 못하고 헛되이 눈을 빛내면서 미쓰에의 얼굴을 쏘아보고만 있었다. 미야는 지레 겁을 먹고 벌써 죽었는지 엎어진 채 아무 말도 없었다.

"자, 제가 이렇게 누르고 있겠으니 목이든 가슴이든 단숨에 찔러버리십시오. 뭘 망설이고 계십니까? 칼을 잡는 법도 모르시나요? 이렇게 빼서!"

하며 한 손으로 번쩍 휘두르자 칼집에서 튀어나온 칼이 미쓰에의 소맷자락을 한바퀴 돌아 어느새 간이치의 얼굴 구센티미터 위로 왔다.

"이것으로 찌르면 됩니다."

"……."

"끝내 당신은 그래도 이런 여자한테 미련이 있어서 숨통을 끊는 것이 안타깝다는 건가요? 죽이려고 하면서도 죽이지 못하시는군요. 제가 대신 죽이겠습니다. 아주 간단해요. 잠시 구경이나 하십시오."

말이 떨어지자마자 갑자기 사라진 칼날의 빛은 벌써 미야의 헝클어진 머리를 스치며 날아갔다. 앗 하고 간이치가 소리질렀을 때 그녀는 용케도 벌떡 일어나서 날아오는 칼끝을 가까스로 피하면서 말했다.

"간이치 씨!"

하며 그녀는 미쓰에의 손목에 매달린 채 온 힘을 다해 팔을 비틀어 엎어누르고는 겹쳐 쓰러뜨렸다.

"간이치 씨, 어서, 어서 칼을 잡으세요. 그리고 저를 죽여주십시오-당신 손으로 죽여주세요.

저는 당신 손에 죽는 것이 소원입니다. 빨리 죽여주세요. 저는 빨리 죽고 싶습니다. 당신 손에 죽고 싶으니 부탁입니다. 단숨에 죽여주십시오!"

이렇듯 무서운 위기에 직면하면서도 간이치는 웬일인지 자기 자신도 이상할 만큼 애써 구원의 손길을 뻗으려고도 하지 않고 더구나 차마 눈뜨고 볼 수 없으면서도 헛되이 괴로워하기만 했다. 필사적으로 싸우는 두 사람 수중의 칼은 때론 높게 때론 낮게 좌우로 번쩍거렸다. 마치 하얀 초승달과 같은 칼은 바람이 수양버들을 흔들어 움직이듯이 이쪽저쪽으로 번쩍였다.

"간이치 씨, 당신은 저를 죽게 내버려두시는 겁니까! 꼭 이 여자의 손에 죽게 할 건가요! 목숨은 아깝지 않지만 이 여자 손에 죽는 것은 원통합니다! 원통해요! 저는 원통해요!"

그녀는 헝클어진 머리를 야차처럼 마구 흔들었다. 전신을 떨면서 입술에서는 피를 뿜어내고 있었다. 그녀도 죽이지 않고 이쪽도 다치지 않게 해야겠다고 마음먹은 간이치의 가슴은 수레바퀴가 도는 듯했지만 어찌하랴, 그의 몸은 안에서의 이상한 힘에 결박당한 것처럼 조급히 서두르고 안달해도 조금도 움직일 수 없었다. 하다못해 소리를 내려고 해도 목구멍이 막혀서 철환을 머금고 있는 것 같았다.

이제는 힘도 다하고 이미 위험하다고 느낀 미야는 피를 토하는 비통한 소리로 외쳤다.

"당신이 죽여주지 않으면 저는 스스로 죽겠으니 간이치 씨, 이 칼을 잡아서 제 손에 쥐여 주세요. 자 빨리요, 간이치 씨, 제발 집어주세요. 제발, 빨리요."

또다시 격투하는 순간 단도는 탁 떨어지면서 간이치 앞의 다다미에 우뚝 꽂혔다. 미야는 기회를 놓치지 않고 달려들어 내 것이라고 손에 쥐자 미쓰에가 주지 않겠다고 달라붙는 것을 사이를 둔 겨드랑이 밑에서 뒤로 푹 찌른 급소, 외마디 소리와 함께 뒤로 몸을 젖히는 미쓰에. 선혈! 흉기! 살상! 시체! 발광! 중죄! 간이치는 어지러워서 정신을 잃을 것 같았다. 미야는 바싹 달라붙으며 말했다.

"이렇게 된 바에는 이미 없는 목숨, 부탁입니다. 간이치 씨, 당신 손으로 죽여주십시오. 저는 그것으로 당신이 용서한 것으로 알고 기꺼이 죽겠습니다. 그러니 이제 제가 성불하도록 당신의 입으로 염불을 외면서 이것으로 단숨에, 어서요 간이치 씨, 죽여주세요."

피범벅이 된 칼을 간이치 손에 쥐어 주면서 미야는 그 그리운 주먹에 몇 번이고 볼을 비볐다.

"저는 이제 이것으로 죽어버리면 다시는 이 세상에서 뵐 수 없으니까 하다못해 성불을 빌어주신다 여기시고 임종 무렵에 단 한 마디, 용서해주겠다고 말해주세요. 살아 있는 동안에야 얼마나 미웠겠습니다만 죽어버리면 그것으로 죄도 원망도 모두 사라져서 흙이 되고 맙니다. 제가 이렇게 지난날의 잘못을 뉘우치고 당신 앞에서 깨끗이 목숨을 버리는 것도 그 사죄를 하고 싶어서 그런 것이니 간이치 씨, 이제까지의 모든 일은 물에 흘려보내시고 이것으로 용서해주십시오. 네, 간이치 씨, 간이치 씨! 지금 생각하니 그때의 무분별한 행동이 참으로 분해서 뭐라 말을 못하겠습니다. 당신이 눈물을 흘리면서 말씀하신것도 기억하고 있습니다. 먼 훗날 꼭 생각날 테니 오늘밤의 일을 잊지 말라고 하신 말씀도 아직껏 귀에 생생합니다. 한때의 미혹이라지만 왜 그때 조금이라도 깨닫지 못했을까. 어리석었던 자신을 책할 수 밖에 없지만 죽어도 이렇게 돌이킬 수 없는 짓을 왜 했을까요! 간이치 씨, 저는 천벌을 받은 것입니다! 저는 살아 있는 것 같지도 않을 정도로 처벌을 받은 것입니다! 그러니 이것으로 용서해주세요. 네, 간이치 씨? 그리고 이렇게 벌을 받은 몸으로는 이제 와서 이러쿵저러쿵 생각해도 소원이 이루어지리라는 것은 어리석기 짝이 없는 일, 더 계속 쓰라림을 당하고 나서 당신을 생각하고 또 생각하며 죽어버리는 그런 사태라도 생기지 않고는 현세에서의 업은 없어지지 않을 테니 이 세상에 미련은 많지만 저는 빨리 죽어서 이 고생과 괴로움을 묻어버리고 어서 빨리 원래의 깨끗한 몸으로 다시 태어나고 싶습니다. 그러면 저는 이번 세상에서는 어떤 모진 고생을 겪는다 해도 반드시 당신과 백년해로하며 이 가슴에 가득히 담고 있는 것도 모두 들어주시게 하고, 또 이세상에서 하다가 남긴 것도 그때는 모두 다 해보이면서 반드시 당신도 기뻐하시고 저도 기뻐하면서 더없이 즐거운 일생을 보낼 생각입니다. 다음 세상에서는 결코 그런 분별없는 짓은 안하겠으니 당신도 저를 잊지 말아주십시오. 아시겠습니까! 절대 잊지 마세요. 사람은 임종 때의 일념 그대로 내세에 인도되어 태어난다고 하니 저는 이 일만을 생각하면서 죽겠습니다. 간이치 씨, 그러니 용서해주세요!"

미야는 떨리는 목소리로 매달리는 듯싶더니 사나이의 무릎 위에 있는 칼끝을 향해 푹 엎드렸다.

"해, 했구나!"

간이치의 가슴은 찢어지면서 비로소 이 소리를 짜냈다.

"간이치 씨!"

끔찍하도다, 미야의 목은 피투성이가 된 채 절반은 꿰뚫었다. 그녀는 그 손을 놓지 않고 고통스러운 눈을 크게 뜨고는 사나이의 얼굴을 보려 하자 간이치는 자기도 모르게 부둥켜안고 말했다.

"이봐 미야, 너는 …… 이게 무슨 짓이냐!"

생명을 빼앗은 칼을 뽑으려 하자 일념은 엉기어 조금도 늦추지 않는 여인의 힘이로다.

"이걸 놔, 이봐 이걸 놓으라니까. 자, 놔요. 이봐, 왜 놓지 않는 거지?"

"간이치 씨."

"그래 뭐냐?"

"저는 기뻐요, ……이제 미련은 없습니다. 용서해주신 거예요."

"어쨌든 이 손을 놔."

"놓지 않겠어요! 저는 이제 안심하고 죽을 수 있습니다. 간이치 씨, 아아, 벌써 정신이 아찔해져요. 빨리, 빨리, 용서해준다고 말씀해 주세요. 용서한다고, 용서한다고 말씀해!"

피는 마구 쏟아지고 임종의 그림자는 점점 어둡게 다가왔다. 간이치는 차마 눈뜨고 볼 수 없었으며 마음은 천갈래로 흐트러졌다.

"이봐 미야, 정신 차려."

"아."

"용서했다! 이젠 용서했다, 이젠 용…… 서…… 했어! "

"간이치 씨!"

"미야!"

"기뻐요! 저는 기뻐요!"

간이치는 다만 가슴이 찢어질 듯하면서도 말은 나오지 않았다. 꽉 껴안은 미야의 얼굴은 쏟아지는 뜨거운 눈물로 흠뻑 젖었다. 그녀는 그의 차가운 입술을 탐하며 정신없이 빨았다. 미야는 사나이의 침을 입으로 옮겨서 간신히 목을 축이고 말했다.

"그럼 간이치 씨, 저는 아아, 괴로우니 이제 이것으로 단숨에……"

그녀가 힘을 내어 찌르려 하자 간이치는 꽉 눌렀다.

"잠깐, 잠깐 기다려! 어쨌든 이 손을 놔."

"아니예요. 말리지 마세요."

"기다리라는데도."

"빨리 죽고 싶어요!"

겨우 칼을 잡아 비틀어 빼자 미야는 갑자기 몸을 돌려 쓰러지다가 구르다가 하며 객실 밖으로 달아났다.

"미야, 어디 하는 거야!"

보내지 않으려고 뻗은 팔은 미치지 못하고 애가 타서 일어난 간이치가 단 한번에 붙잡으려고 달려들자 공교롭게도 미쓰에의 시체에 발이 걸려 2미터쯤 나가떨어져 문턱에 무릎을 세게 부딪쳐 고꾸라지면서 일어나지도 못하고 몸을 움츠리고 신음하면서도 말했다.

"미야, 기다려! 할말이 있으니 기다려! 도요, 도요! 도요는 없는가? 빨리 뒤쫓아가서 미야를 말려요!"

불러도 외쳐도 미야는 돌아오지 않고 노파는 없고 간이치는 아수

라처럼 노하여 일어섰지만 다시 쓰러졌다. 그래도 겨우 일어나서 분주하게 주변을 둘러보아도 이미 미야의 그림자는 보이지 않았다. 그의 한걸음 한걸음 발자취에 떨어져 있는 피는 실타래의 실을 끌고 가듯이 계속되어 다다미에서 툇마루로, 툇마루에서 뜰로, 뜰에서 밖으로 어디까지 그녀는 깊은 상처를 입고도 가고 있는 것일까. 간이치는 반석을 끄는 것보다 더 힘들게 무릎의 통증을 참고 견디면서 어떻게든 담밖으로 비틀거리며 나갔다. 미야는 아직 멀리 못 가고 먼동이 트는 가운데서도 새벽달은 차갑게 비추고 있고 고요하고 어슴푸레한 안개 낀 큰길을 쥐죽은 듯이 조용한데 거의 그림자도 없는 그 부근을 홀로 막연하게 달리고 있었다.

"미야! 기다려!"

부르면 메아리치지만 구름은 깊숙이 가두어 넣어 응답이 없었다. 간이치는 이를 갈면서 뒤쫓아갔다. 물론 간격은 얼마 되지 않지만 급소에서 피가 흐르고 있는, 기껏해야 여자의 걸음을 붙잡는 게 뭐 힘들겠는가 하고 우습게 생각한 것과는 달리 숨은 차오르지만 달린 데 비해 거리는 여전히 좁혀지지 않았다. 너무 분하구나, 하며 간이치는 쓰러질 테면 쓰러지라고 온 힘을 다해서 무조건 뛰었다. 미야는 여전히 달아나고 있는데 허리띠가 풀어져 발에 감기자 옆으로 걷어차고 발에 걸려 넘어지다가는 다시 가고 가다가는 비틀거렸다. 이제는 힘도 다한 것 같은데 어찌하랴, 엎어졌다가 다시 일어나려 할 때 자신도 드디어 당해내지 못하고 여기서 숨이 끊어진다고 생각하니 간이치는 최후에 당면하여 겨우 소리를 지르는 도리밖에 없었다.

"미야!" 하고 소리를 짜내어 불러보지만 가엾게도 소리가 제대로 나지 않았다. 내 살이 씹어먹히기라도 하는 것처럼 조바심이 났지만 간이치는 이미 소리를 낼 힘마저 잃었던 것이다. 자신의 무기력함에 분노가 치밀어 포기하지 않고 미치광이처럼 더욱 더 외치자 그의 목구멍은 드디어 찢어지면서 물이 흐르듯 한 덩어리의 새빨간 피를 토했다. 눈앞이 캄캄해지는 것을 느끼면서 쓰러지려는 귓전에 한꺼번에 송풍이 일어나면서 제정신으로 돌아오니 눈앞에는 수로가 가로놓여 있었다. 보아하니 미야는 계속 앞으로 나아가 버드나무가 우거진 곳에서 물에 몸을 던질 요량인 것 같았다. 간이치는 계속해서 미야의 이름을 불러보았지만 몇 번이나 피를 땅에 토할 뿐이었다. 무엇을 생각했는지 미야는 우거진 버드나무 뒤에서 그 색보다 약간 하얀 얼굴을 드러내고 뒤쫓아오는 사람을 지긋이 바라보다가 이내 지쳐 일어나지 못하는 간이치가 아득히 손만 들고 가지 말라고 하는 모습에 용서해달라는 듯 엎드려 절하고는 숲 속으로 들어가버렸다.

그는 자신이 죽는다는 것도 잊고 다시 일어섰다. 그녀가 뛰어간 물가의 버드나무를 빠져나가서 물은 깊지 않은지, 미야는 어디 있을까 하며 덩굴숲의 이슬에 미끄러질 뻔하다가 아슬아슬하게 가장자리로 피하자 쏴쏴 흐르는 여울의 잔물결이 여러 가지 모양을 그려내고 있었다. 눈 아래의 기묘하게 생긴 큰 돌 몇 개와 바다거북이 등을 모아서 언덕처럼 급류의 기세를 막으려 했지만 닿으면 후려치고 들이치면 뛰어오르는 흐름새는 너무나 엄청나서 그로 인해 양쪽 강가도 진동하고 지축도 울려퍼지고 딛고 있는 땅도 꺼지지 않을까 하는 생각이 드는데 옷자락과 소맷자락은 물보라로 흠뻑 젖은 데다 머리칼에 불어닥치는 바람은 계속 심해졌다.

아아 무시무시하구나, 간이치는 머리끝이 쭈뼛해지면서 매달린 가지를 차마 놓지 못하고 내려다보니 숲 바닥에 꼬불꼬불 구부러진 길이 있는데 거의 거꾸로 떨어진 깎아지른 듯한 낭떠러지를 내려가야만 했다. 위태롭구나 하고 들여다보니 새와 덩굴은 자꾸만 움직이고 그 사이로 조릿대, 가시나무가 보였다 안보였다 했다. 점점 미끄러지면서도 미야를 찾기 위해 앞으로 나아갔다.

그녀의 죽음을 막으려는 일념밖에 없는 간이치이기에 이런 것을 보자 발이 땅을 밟을 틈도 없이 다만 정신없이 뒤져선 안된다는 생각뿐이었다. 산꼴짜기의 광풍의 꾐에 몸을 내맡기고 쏜살같이 몸을 떨어뜨렸다.

어쩌면 산산조각이 나면서 죽을 것을 무사한 것은 천우라 여기면서 그는 몇 걸음 사이에 두고 미야를 쫓아가는데 거센 물살에 잠겨 있는 바위를 건너서 이미 소용돌이치고 있는 급류에 얄궂게도! 꽃은 흩어지고 말았다.

"미야!"

뒤에서는 이렇게 불러대는데 앞에서는 사람의 그림자도 없었다.

한걸음 늦었음을 깨닫고 하늘을 보고 외치고 물살에 몸을 뒤틀면서 바위에 발광한 간이치는 핏발이 선 눈으로 물을 쏘아보면서 이곳일까 저곳일까 하고 그리운 미야의 시체를 찾았다. 틀림없이 부목 쓰레기 종류로 보이는 것이 이십미터쯤 떨어진 곳에서 물결 사이로 보였다 안보였다 하면서 떠내려오고 있었다. 사람일까, 미야일까하고 가만히 눈여겨보고 있을 때 물의 흐름은 한층 급해지면서 있었던 그림자는 시위를 떠난 화살처럼 종적을 감추고 말았구나 하고 가슴이 찢어지는데 금세 멀리서 다시 떠올랐다. 아, 됐다고 간이치는 길도 없는 길의 나무에 기어올라가서 벼랑을 오른 뒤 내려와 물을 건너서 돌을 딛고 바위를 돌아서 죽을 것만 같은 기분으로 휘청거리며 다가가서 보니 초록빛 수목이 우거져서 그런지 그 그림자는 어둑어둑하고 물은 졸졸 흐르는데 얕은 여울에 걸려 있는 것은 미야의 시체가 아닌가!

간이치는 그저 그 위에 쓰러져 울었다. 아, 미야는 생전에, 불과 얼마 전만 해도 이 뜨거운 애정의 한방울을 얼마나 고마워했던가. 이제는 아무리 많은 눈물을 흘린다 해도 소용 없는 눈물이 아무것도 모르는 죽은 사람의 얼굴에 쓸데없이 쏟아지고 미야의 넋은 알지도 못했다.

간이치의 슬픔은 극도에 이르렀다.

"미야, 네가 죽…… . 죽…… 죽었단 말이냐. 자살한 것도 불쌍한데 이 참담한 모습이 웬말이냐! 칼에 찔리고 물에 빠지고, 그래 괴롭지도 않았느냐? 사랑스러운 것, 너무 깊이 생각했구나! 미야, 너는 자살을 기도한 데다 이렇게 몸을 던진 것은 한 가지 죽음으로는 성에 차지 않아서 두 개의 목숨을 버린 셈인가. 그걸 생각하니 너무나도 가엾구나! 어떠한 일이 있어도 너에 대한 원한은 결코 잊지 않겠다고 맹세했었다. 맹세했지만 이렇게 무참히 죽은 모습을 보니 잘못도 원한도 모두 사라졌다! 용서했다, 미야! 나도 마음속으로부터 용서했다! 임종 무렵 용서해주겠다는 한마디에 넘어갈 듯한 괴로운 숨결 속에서도 기쁘다고 했는데 미야, 너는 내 용서가 그렇게도 기뻤단 말이냐, 정말 잘 뉘우쳤다! 훌륭한 후회였다! 너무 훌륭해서 간이치는 대단히 부끄러워했다! 미야, 면목이 없다! 이토록 훌륭한 정신인 줄 모르고 죽게 내버려둔 게 억울하구나! 내가 잘못했다! 미야, 용서해다오! 알았니, 미야! 알았어? 아아, 죽어버렸구나!"

간이치는 너무나 참혹하고 너무나 깨끗한 것을 보고 부정의 피는 다 흘러나오고 구악의 살갗은 완전히 씻겨지고 남은 것은 뉘우침 때문에 진실 때문에 자신을 위해 버려진 시체가 정말 불쌍하기 그지없고 슬퍼해도 돌이킬 수 없는 마음은 더없이 간절할 뿐이었다.

뼈에 사무친 원한의 흔적이 사라짐과 동시에 일단 시들었던 애모(愛慕)의 정은 다시 샘솟듯 솟아나면서 그의 가슴에 퍼졌다. 어찌 괴롭지 않겠는가. 사람이 죽은 뒤의 애모는 무엇에 비할 바가 있단 말이냐. 그는 오히려 살아 있는 사람이기에 아무리 원망해도 그쪽이 훨씬 참을 수 있었다는 것을 이제야 깨닫게 되었다.

간이치는 창자가 끊어질 듯한 슬픔으로 멍해져버렸다.

"미야, 네게 바칠 수 있는 것은 내 이 마음뿐이다. 이것으로 성불해다오. 이 세상 일은 이것으로 끝이다. 그 대신 다음 생에서는 네가 말했듯 반드시 부부가 되어 백년해로하자꾸나! 잊지 마라, 미야. 나도 잊지 않겠다! 너도 꼭 기억해다오!"

얼음장 같은 미야의 손을 잡아 꼭 쥐고 영원히 잠든 얼굴을 들여다보려 하자 갑자기 눈물이 쏟아지면서 모든 것이 분명히 보이지 않았다. 간이치는 그녀의 몸 위에 쓰러진 채 너무 가여워 몸부림치며 울었다.

"하지만 미야, 너는 훌륭했다. 한번 잘못을 저질렀다 해도 이렇게 후회하며 자살한 것은 정말 감탄할 정신이다. 그래야지. 장하다, 잘했다. 그럼으로써 비로소 사람으로서 면목이 서는 거다. 그런데 이 간이치는 어떤가! 사나이로 태어나 고작 여자의 사랑을 잃었다 해서 뜻을 꺾고 일생을 그르치고 아귀처럼 살면서 창피해하지도 않고 극악무도한 짓을 하면서 폭리를 탐내는 것 외에는 아무것도 모른다. 그 돈은 무엇에 필요하단 말이냐. 무엇을 하기 위해 그런 짓을 하느냐 말이다. 사람에게는 사람으로서 반드시 지켜야 할 도리가 있다. 자기 자신 외에 사람의 도리라는 것이 말이다. 그런데 나는 그 도리를 다하고 있는가. 다하려고 하고 있는가. 결혼하고 싶었던 여자와 결혼하지 못했다. 그만한 일에 실망해버리고 그 실망 때문에 적어도 사나이로 태어난 일생을 아무렇게나 내던지려고 했다. 사람된 보람은 어디에 있단 말인가. 사람된 도리를 어떻게 했는가. 아아, 잘못했구나! 미야, 내게 한 짓에 대해 뉘우쳤다면 나는 사람된 도리에 대해 뉘우쳐야 할 처지다. 네가 이렇게 훌륭하게 뉘우친 것을 보니 나는 너무 부끄럽고 부럽기도 하구나. 네가 버렸다고 해서 이렇게 타락한 간이치라면 너의 뉘우침과 함께 나도 어서 마음을 고쳐먹고 사람으로서의 도리에 맞는 속죄를 해야 할 것이다. 아아, 그러나 어쨌든 괴로운 세상이다! 인간으로서의 도리는 도리, 의무는 의무, 즐거움은 또 즐거움으로 그것도 없으면 살아갈 수 없다. 나도 시기자와의 집에서 지내면서 미야를 사랑하며 공부하던 시절엔 이 세상이 그저 즐거운 꿈처럼 생각되었다. 그것이 덧없는 세상이란 말인가. 이것이 덧없는 세상이란 말인가. 그로

부터 오늘날까지 육년간 사람다운 생각을 한 적은 단 하루도 없었다. 그러면서 나는 무엇을 믿고 살고 있었던가. 죽음을 결심할 용기가 없어서 살아 있었던 것 가다! 살아 있었던 게 아니다. 죽어야 할 때 죽지 못했을 뿐이다! 와니부치는 타 죽고 미야는 자살했다. 나는 어떻게 할 것인가. 감정이 예민한 나는 앞으로도 계속 미야의 죽은 얼굴이 늘 눈에 달라붙어서 평생 비통한 생각으로 지내게 될 것이다. 따라서 예전보다도 더 괴로울 것은 뻔한 일이다. 살아 있다 해도 그런 가운데서 무엇을 할 수 있겠는가. 사람의 도리를 다한다? 사람답게 행동한다? 아아, 지겹구나 지겨워! 사람이기 때문에 그런 의무도 있다. 사람만 아니면 아무것도 필요치 않은 거다. 자살해서 목숨을 버리는 것은 하나의 죄악이라 한다. 어쩌면 죄악일지도 모른다. 그러나 그저 숨만 쉬고 있으면서 세상에 조금도 보탬이 못되고 자신에게는 그것이 고통이 된다면 자살도 일종의 자기정리가 된다. 하물며 내가 지금 당장 죽으면 곧바로 수십 명이 살아나고 수백 명이 기뻐할 것이다. 여자 하나 때문에 신세를 망친 여파로 도둑과 다름없는 고리대금업자로까지 타락했고, 이것으로 눈은 멀뚱멀뚱 뜨고도 죽어버린다는 것은 너무 원통하지만 처음부터 잘못 출발한 것이 내 삶의 불찰, 그런 불운을 타고 태어난 간이치의 몸은 새롭게 가다듬어 다시 태어날 수 밖에 없다. 이 세상에서 맺힌 한은 그때 풀어야지!"

그토록 마음을 풀 길 없이 슬픈 간이치는 그 슬픔을 떨쳐버릴 수 있는 방법을 지금 깨달았다. 순식간에 눈물이 마른 볼 언저리에 이상하게 떠오르는 생기는 푸르게 빛났다.

"미야, 기다리고 있어. 나도 가겠다! 네가 죽어준 것이 너무 기뻐서 자, 간이치의 목숨도 네게 주겠다! 두 사람은 내세에서 부부가 된다. 이것이 약혼의 예물이라 여기고 언제까지나 간직해주기 바란다. 너도 더할 나위 없이 만족할 것이다. 난 조금도 후회하지 않겠다."

그러면 나도 그대가 빠진 늪에 가서 빠져죽으리다. 빠져죽을 바에야 함께 하기로 하자 하고 그는 미야의 시체를 일으켜서 뒤에 짊어졌는데 가볍기가 종이 한 장과 같았다. 이상해서 뒤돌아보니 더욱더 이상한 일이었다! 향기로운 냄새는 코를 찌르고 사람의 얼굴 크기만한 흰 백합 한송이가 탐스러운 꽃잎을 드리운 채 어깨에 걸쳐 있었다.

그는 이상하다고 놀라며 깨어났다. 깨어보니 새벽녘의 꿈이었다.

속속 금색야차

제1장

간이치의 가슴은 점점 답답해졌다. 여러 잡생각이 일어나 살고 싶
다는 생각보다 차라리 그 꿈처럼 죽어버리는 것이 나을지 모르겠다
는 생각이 들었다.

일도 손에 잡히지 않아 그렇게 번뇌의 시간을 가지며 사흘을 보냈다.

딱히 이런 이야기를 함께 할 이도 없거니와, 터놓고 이야기 할 수
있는 친구도 없었다. 그렇다고 스스로 헤쳐 나올 길이 있는 것도 아니
었다. 그것을 알고도 걱정과 고민에 빠지는 것은 어찌할 도리가 없었
다. 그는 사실 이 모든 혼란의 뿌리를 송두리째 뽑아 없애버리고 싶었
다. 그러자면 그는 마땅히 죽어야 할 것이다. 생(生)과 사(死). 간이치의
고뇌는 점점 깊어져, 결국에는 이 문제 앞에 고개를 숙이고 말았다.

가치 없이 살아온 내 삶이, 또한 마찬가지로 이렇게 가치 없는 죽음으로 끝을 맺어야 하는가? 후회 막심한 내 삶을 아무런 가치 없는 죽음으로 끝맺는 것이 맞는 것인가? 아니면 죄 많은 반평생을 여기서 그만두고, 새로이 가치 있는 나머지 삶을 꾀해야하는가.

그는 결코 죽음을 회피하거나, 또 삶을 소중히 하지 않음은 아니었으나, 생과 사 모든 것에 아무런 가치가 없다는 것이 썩 내키지 않았다. 당면한 고통은 그에게 죽음을 권하고, 반평생의 후회는 부끄러움을 느끼게 하기에 충분했다. 괴로움에서 벗어나기 위해 아무런 가치 없는 죽음을 택해야 할 것인가, 지난날의 과오를 속죄하기 위해 아무런 즐거움 없는 삶을 참고 인내해야 하는 것인가. 변변찮은 삶이나 죽음은 택하기 쉬우나 그와 상반되는 삶이나 죽음은 택하기 어렵다. 나는 후회하면서도 삶을 영위할 것인가, 아니면 죽음으로 내 어리석음의 죗값을 치러야 하는 것인가.

간이치는 살고자 함에도 살지 못 하고, 죽고자 함에도 죽지 못 하게 될 지경이었다. 가만히 있으면 일어서고자 하고, 일어서면 눕고자 하였으며, 누우면 걸을 것을 생각하고, 잠이 들면 이내 깨어버리고, 잠에서 깨면 온갖 상념에 휘둘려 밤인지, 낮인지, 사람인지, 세상인지도 모르고, 다만 수심에 가득차서 자신의 몸 하나 위탁할 곳 없어 머릿속이 혼란스러웠다.

때마침 계속 미룰 수 없는 중요한 일이 생겼다. 일전에 큰 금액의 돈을 빌려달라는 요청이 있었는데, 이 거래를 지금까지 질질 끌어온 탓에 급히 야슈시오하라(野州塩原) 온천지에 있는 청금루(清琴楼)라는 온천 여관을 찾아 비밀리에 여러 가지 알아볼 것이 생긴 것이다.

괜히 귀찮고 짜증까지 났지만 일정을 취소할 수는 없었다. 게다가 제법 경치가 좋은 곳이라고 들은 바 있어 잠시나마 고민을 떨칠 수 있을 거라는 생각이 들어 미야의 꿈을 꾼 약 일주일 뒤 짐을 꾸려 내키지 않는 걸음으로 집을 나섰다. 그날 새벽 하늘에는 옆으로 길게 비낀 구름이 백색을 띄었고 반달이 떠있었다. 인력거에 몸을 싣고 첫차를 타기 위해 우에노(上野)역을 향하던 간이치는 이 새벽의 풍경에 뭔가 등골이 오싹해짐을 느꼈다.

제1장 2

기차는 달리고, 창밖의 풍경과 지역의 경계는 바뀌어갔고, 승객도 오르내려 바뀌었지만, 간이치는 홀로 쉽사리 해소되지 않는 우울한 마음으로 다섯 시간을 보내고 겨우 니시나스노(西那須野) 역에서 내렸다.

하차 후에는 바로 서북쪽으로 향했는데, 지금도 여전히 광활한 옛 나스(那須) 평야가 시야에 들어왔다. 하늘은 넓고 조각구름이 떠 있었으며, 잡초가 무성한 대지는 아득히 펼쳐져 있었다. 삼리(三里)의 평탄한 길, 그리고 인근 지역은 산이 겹쳐 늘어져 있었다. 시오하라가 저곳인가 해도, 가면 갈수록 도착할 기미는 보이지 않고, 간신히 센본마쓰(千本松)를 지나서 세키야무라(関谷村)에 다다르니, 민가가 끝나는 곳에서 물이 졸졸 흐르는 소리가 들려왔다. 여기에 있는 다리가 뉴쇼쿄

(入勝橋) 다리라고 한다.

바로 다리를 건너서 얼마쯤 가니, 햇빛이 들지 않아 어둡고, 산세
는 깊으며 구불구불 하고, 산의 공기는 차가운 데다, 안개가 자욱하게
깔린 꾸불꾸불한 산길 뒤쪽으로는 빽빽하게 늘어선 나무에서 새들이
지저귀고, 앞쪽의 무성한 초목은 한걸음 한걸음 나갈 때마다 활짝 핀
꽃이 다정하게 맞아주었다. 조금 더 오르니 나무 그늘에 가리어 소리
만 들리던 물길의 상류가 얕게 모습을 보였다. 사람을 찾아볼 수 없는
이 쓸쓸한 산은 천둥이 흰빛을 발해서 허물어져 내린 것이 아닌가하
여 흠칫했다. 길 오른쪽은 산을 깎아지른 듯한 장벽을 이루고 있었고,
돌에 끼어있는 이끼도 푸르며 여러 줄기의 흰실을 헝클어 내려뜨린
것 같은 가느다란 폭포와 작은 폭포는 거침없이 쏟아지는데 산봉우
리의 소나무숲을 스치어 부는 바람도 필시 이 폭포에서 나온 듯하여
그 광경은 그대로 지나칠 수가 없었다.

인력거를 타고 시라하(白羽) 고개를 넘어 미카에리(回顧) 다리에서
삼십척(三十尺)의 폭포를 넘어가자 드디어 산속의 경치가 펼쳐졌다.
여기서부터는 길이 있으면 물이 있고, 물이 있으면 반드시 교량으로
이어져 있는지라 골짜기 전체에는 서른 개의 다리가 있고, 또 산이 있
으면 바위가 있고, 바위가 있으면 꼭 폭포도 있어 총 일흔 개의 폭포
가 있었다. 그리고 땅이 있으면 샘이 솟는 법이고, 샘이 있으면 반드
시 온천물도 솟아올라 총 마흔다섯 군데의 온천지가 있었다. 그 외에
열두 군데의 경승지, 열여섯 군데의 명소, 일곱 가지의 불가사의가 있
는데 어느 누가 그 모든 곳 하나하나 챙겨볼 수 있을까라는 생각이

들었다.

애당초 시오하라의 지형은, 시오야군(塩谷郡) 남쪽 봉우리 군락지 사이를 가로질러 북서쪽으로 깊이 위치해 있으며, 길게 이어진 하하키가와(箒川) 강의 물길을 거슬러 올라가는 한쪽 절벽은 사리(四里)로 나누어지고, 십일리(十一里)에 걸쳐 여기저기에 펼쳐진 험준한 절벽 사이로 물길이 흐르지 않는 곳이 없었는데, 그 광경은 마치 청동빛을 띤 약연(薬研, 한약재를 곱게 빻는 기구)으로 유리조각을 부수고 있는 듯했다. 먼저 오아미(大網)온천을 지나면, 네모토(根本) 산, 우오도메(魚止) 폭포, 지고가(児ヶ淵) 연못, 히다리우쓰보(左靭)의 험한 곳은 고색이 창연하고 하쿠운(白雲) 동굴은 밝게 빛났으며, 누노(布) 폭포, 류가하나(竜ヶ鼻), 자이모쿠(材木) 바위, 고시키(五色) 바위, 후나(船) 바위 등을 지나면 도리(鳥) 우물이 보이고, 초록빛 옷을 입은 마에(前) 산을 지나자 후쿠와타(福渡) 마을에 이르렀다.

도중에 앞쪽의 벼랑에는 군데군데 진달래가 남아 있고 산 등나무의 걸려 있는 모습이 아주 흥미로워서 눈여겨보면 이 근처는 특히 계곡이 얕고 물은 맑아 커다란 옛 거울을 가라앉힌 것 같고, 깊이 뒤덮고 있는 계곡의 나무는 어두침침하여 잠들어 있는 것처럼 보였다. 간이치는 자기도 모르게 걸음을 멈췄다.

그 소용돌이치는 물결을 가르고 들어간 미야가 숨이 끊어져서 다시 떠올랐던 곳의 정경과 너무나 흡사한 계곡의 모습, 무성한 수목의 상태, 그런가 하면 가득찬 물도, 비쳐보이는 물 밑의 바위 모습 등 그 넓이와 위치나 정취를 자세히 살펴보니 더욱더 비슷했다.

그는 눈을 부릅뜨고 몸을 부들부들 떨었다.

참으로 이상한 노릇이기도 하다! 이전에 지나갔던 장소를 그대로 꿈꾸는 일은 있지만, 아무 까닭도 없이 꿈에 나타났던 곳을 이렇게 생생하게 눈앞에 보는 일도 있을까. 미야의 유해가 누워있던 곳도, 또 내가 뒤쫓아온 곳도 저기이며 여기라고 살며시 하나하나 가리키면서 너무나 놀랄 뿐이었다.

인력거꾼을 돌아보며 그곳 이름을 묻자 부도(不動) 못이라고 대답했다.

어딘지 소름이 끼치는 이름이군. 정말이지 사람도 빠져 죽을 만한 곳의 이름이다. 나도 이미 죽으려 했지만 역시 현실이 몸에 사무칠 때, 미야가 아니라 산에 핀 백합꽃이었던 괴이함을 상기하자 그는 어깨 끝이 차갑게 떨렸다.

갑자기 발길을 돌려 서둘러 가자 앞길은 구름 사이에 막히고, 도대체 무엇인가 하고 먼저 놀라게 하는 이상한 모습의 병풍바위, 땅에서 수백 미터나 되는 꼭대기에는 아슬아슬하게 소나무도 꼼짝 않고 서 있었고, 세로로 똑바로 쪼갠 듯한 단면은 공중에서 일자형으로 늘어뜨려져서 그 기세는 거의 눈뜨고 바라볼 수가 없을 정도였다.

간이치는 어리둥절하여 잠시 멈춰 서 있었다.

그가 미야를 뒤쫓아서 굴러떨어졌던 골짜기의 깊이는 바로 이 높은 꼭대기에서 몸을 내던졌을 터인데 허공을 내려오는 두려움은 견디기 어려웠으리라는 생각이 들었다.

여지껏 보지 못한 절벽! 위태로움이나 두려움도 꿈이 아니면 어찌

이 절벽을 뛰어내릴 수 있단 말인가. 또한 남들보다 허약한 뼈가 산산조각 나서 흩어지지 않았던 것은 정말이지 꿈이었기 때문이지만, 등골은 싸늘해지고 절벽을 응시하고 있는 그의 곁에서 이것이 바로 유명한 덴구(天狗) 바위라고, 인력거꾼은 뽐내는 얼굴로 가르쳐주었다.

간이치는 기이한 꿈보다도 더욱더 기이한 이 시오하라의 실감을 의아해하기도 하고 두려워하기도 하면서 줄곧 서 있었다.

이리하여 기괴함은 더욱더 기괴해지고, 그런가하면 정신없이 보았던 장소가 잇따라 생생하게 나타나서 끝끝내 나를 위협하려는 것이 아닐까 하고 그는 불안에 사로잡혔으나 걸음이 내키는 대로 그 바위가 머리 위에 솟아 있는 근처에 이르자 계곡은 갑자기 급속하게 꺾였다. 그 때문에 물은 분출하여 심하게 요동하고 포효하여 마치 분마(奔馬)가 흩어져 싸우고 있는 것 같았다. 이 난류 사이에 가로놓인, 높이가 육미터쯤 되고 꼭대기가 평평하게 넓어져서 백명쯤은 충분히 서 있을 수 있는 거대한 반석은 오랜 세월 비바람에 시달려 표면은 잿빛을 띠고 있고 풀 한포기 자라지 않지만 무섭게 웅크린 모습으로 노목의 그늘이 되어 움츠리고 급류의 물결에 잠겨 밤마다 덴구 바위의 마풍(魔風)에게 쬠을 당해 포효라도 할 것 같은 괴물로 보였다.

그 옛날, 이곳 성주였던 가마우 우지사토(蒲生氏郷)가 여기서 쉬었다는 유래에 의해서 노다치(野立) 석이라고 부른다는 인력거꾼의 설명에 그는 고개를 끄덕이면서 물끄러미 바라보며 놀라지 않을 수 없었다.

그는 실제로 계곡에 빠진 미야를 찾았을 때 이 큰 돌을 내려다보았던 것을 잊지 않고 있었다.

또한 물에 떠내려가는 미야를 뒤쫓는데 길이 없어서 난처했을 때 좌우로는 물이 깊고 절벽은 높고, 앞으로 기어오를 수 없는 돌이 가로막고 있는 것을 모르고 기어서 반쯤 올라갔다가 진퇴양난에 빠질 수밖에 없었던 것도 바로 이 돌 때문이었다는 생각이 나서 자연히 긴장이 되어 오래 있을 수 없었다.

몇 걸음 더 나아가자 미야기 몸을 던진 늪으로 보이는 곳도, 그녀의 풀어진 허리띠가 스쳐갔던 그 바위도 생생하게 모두 그대로 있지 않은가! 간이치의 머리칼은 바늘같이 곤두서서 바람에 흔들렸다. 그는 간밤의 악몽을 되풀이하는 것과 같은 고뇌에 휩싸여 견딜 수가 없었다.

꿈이지만 두렵고 비참하고 슬프고 애처롭고 이해할 수 없었다. 만일 한바탕의 꿈으로 끝나지 않으면 과연 어떻게 된다는 말인가! 이제 시오하라의 실경은 어느 것 하나 빠짐없이 꿈속에서 보았던 곳이니, 그렇다면 이 경관은 이미 꿈은 아니리라! 뜻밖에도 이곳에 온 내 몸자체도 꿈은 아니다. 꿈에서 빠진 것이라고는 미야 하나뿐. 그녀가 여기에 와 있지 않다는 것뿐이 아닌가!

간이치는 이렇게 생각하자, 나 역시 꿈속으로 들어간 것이 아닌지 의심했다. 꿈이 아니라면 나는 당치도 않는 곳에 왔구나. 꿈이라도 꾸지 않았다면 모르겠지만 이건 이상해도 너무 이상하다! 빨리 숙소로 가서 집으로 돌아가야겠군 하고 황급히 인력거를 타고 시라쿠라산(白倉山) 기슭, 시오가마(塩釜)의 온천, 다카오즈카(高尾塚), 하나레무로(離

室), 아마유자와(甘湯沢), 아니오토토(兄弟) 폭포, 다마다레(玉簾) 여울, 고타로(小太郎) 연못, 길가에 높이 솟아 있는 데라야마(寺山), 낮은 인가가 있는 곳, 즉 하타오리(畑下戸)에 이르렀다.

제 2 장

이 마을에는 열두 가구가 있고, 온천은 다섯 군데서 용출되기에 다섯 개의 여관이 있었다. 이 중 한 곳이 청금루(清琴楼)라는 곳인데, 여기는 하하키가와(箒川) 강을 완만하게 휘도는 강변에 위치하고 있어 고개를 숙여 아래를 내려다보면 물과 돌이 하나 되어 놀고, 위를 올려다보면 서쪽으로 후지(富士), 기쥬로쿠(喜十六)의 푸른 산이 이어져 있어 깨끗한 바람이 늘 부는 곳이었다. 소데(袖) 골짜기에 떨어져 내리는 물길은 이십장(二十丈) 높이의 절벽에서부터 명주실로 짠 비단처럼 흘러내리고 있었는데, 이곳이 요시이노(吉井) 폭포였다. 동북으로는 산과 산이 켜켜이 이어져 있어, 옥으로 장식한 아름다운 발이 드리워져 있는 마냥 무더운 여름더위를 가려줄 뿐만 아니라 사방 어디를 둘러보아도 눈을 즐겁게 하고 있었다. 언덕과 산골짜기가 주는 즐거움을 마음껏 누릴 수 있고, 나무와 물이 주는 즐거움 또한 지대하여, 이곳은 몸과 마음 모든 것이 행복을 얻기에 충분해 마치 별천지와 같았다.

간이치는 한 폭의 맑고 온화한 풍경화와 같은 광경에 여기까지 오는 도중에 보았던 험난한 산세와 세찬 물줄기에 몇 번이고 놀라

가슴을 쓸어내렸던 일들은 싹 잊고 무엇엔가 홀린 마냥 자연에 심취하였다.

그는 생각했다.

나는 정말 좋은 곳으로 왔구나! 이렇게 좋은 곳을 왜 이리도 늦게 왔더란 말이냐. 산이 제 아무리 수려하다 한들 그저 흙이 쌓이고 쌓여 높아진 것에 지나지 않고, 강물이 제 아무리 평온히 흘러간다 한들 그저 물이 흐르고 흘러 지나치는 것일 뿐인데, 내 안의 감옥에 갇혀 헤어 나오지를 못 하고 있는 반평생의 고질병을 어찌 한낱 흙이나 물이 치유를 할 수 있을까 하며 아예 무시하고 깔봤던 본인이야 말로 무시를 당해야 하는 어리석은 존재로 느껴졌다.

보라, 나무의 녹음도, 하늘을 떠도는 구름도, 수려한 산봉우리도, 흐르는 계곡도, 우뚝 솟은 바위도, 불어오는 바람도, 햇살도, 닭의 울음소리도, 하늘의 색도, 이 세상 모든 것이 스스로가 덧없음을 알고, 나는 여기서 우울함을 잊고, 슬픔을 잊고, 고통을 잊고, 고단함을 잊어, 몸은 구름처럼 가볍고, 마음은 물처럼 담담하며, 간절히 바라건대, 이제부터는 이처럼 살다가 여생을 마감했으면 한다.

사랑이나 원망도, 금욕이나 권세도, 명예나 야심, 영달도 없고, 타락이나 경쟁도, 집착이나 우쭐함도 없이, 그리고 실망도 않고, 다만 때 묻지 않은 천연의 모습을 유지한 이 마을은, 내 생각을 묻을 수 있는 곳일지도 모르고, 내 뼈를 묻을 수 있는 곳일지도 모른다는 생각이 들었다.

본디 산수의 아름다움에 익숙하지 않은 간이치는 어찌할 바를 모를 만큼 기뻐서 청금루 이층으로 안내를 받아 올라갔으나 바로 안으로 들어가지 않고 폭포가 한눈에 들어오는 난간에 기대어 마치 인파 속에서 길을 잃은 아이가 어머니를 만난 듯이 잠시 그 자리를 지켰다.

여관 앞 녹음이 점점 어두워지더니 여기저기서 들려오는 물소리가 청아하게 들려왔다. 이미 저녁녘이 되어 산바람의 차가움이 몸에 스며들어 일단 온천욕부터 해야겠다는 생각이 들어 아무렇지도 않게 방에 들어갔더니 또 하나 그의 눈을 놀라게 하는 것이 있었다.

가방을 놔뒀던 도코노마(床の間, 일본식 방의 상좌(上座)에 바닥을 한 층 높게 만들어 족자를 걸거나 꽃이나 장식물을 꾸며놓는 공간)에 매우 큰 백합 한 송이가 장식되어 있었는데, 마치 이쪽을 바라보고 있는 듯 줄기가 굽어져 기울어 있었다.

간이치는 돌연 미야가 여기에 와 있는 듯한 기분에 자기도 모르게 발길을 멈추고는 눈을 크게 떠 꽃을 응시했다.

그렇지 않아도 이미 꿈과 현실이 부합되는 점이 한둘이 아니고, 더군다나 꿈에서 봤던 한 송이 백합이 여기에 있다는 것, 그리고 이것이 필시 우연의 연속에 지나지 않는다 할지라도 그 꿈에서 본 광경들이 이번 여행과 너무나도 들어맞기에 어떤 깊은 인연이 있어 이토록 나를 놀라게 하는 것인가 하고 생각할 정도였다.

불가사의한 일들이 점점 더 발생하자 그는 서서히 두려워진 나머지 혹시 일련의 일들에 인간이 가능할 수 없는 하늘의 뜻이 있는 것은 아닐까 하고 생각하니 왠지 괴로워졌다.

백합의 곁으로 다가가 얼마나 닮았는가 하고 바라보니 야무지게 활짝 핀 꽃잎은 구슬이라도 갈라놓은 것 같고, 짙은 향기를 물씬 풍겼으며, 잎사귀에 아직 이슬이 묻어있고 선명한 것으로 미루어보아 오늘 아침에 꺾어온 듯한 용태를 뽐내었다.

잠시 꽃을 즐긴 간이치는 그간 억누르고 있던 슬픔이 올라온 탓에 흥미를 잃어버린 듯 별안간 무거운 머리를 꽃 앞에 떨궜다.

"온천으로 안내해 드리겠습니다."

간이치는 하녀의 목소리에 뒤를 돌아보며,

"저기, 저 꽃을 다른 곳으로 좀 치워주지 않겠나."

"네, 저 꽃 말씀이시죠? 손님은 백합을 그다지 좋아하시지 않으신가 봐요?"

"아닐세, 다만 향이 너무 진해서 머리가 아파오는군."

"아, 그러세요? 지금 바로 치워드리겠습니다. 이 꽃은 철도 모르고 봉오리를 틔운 딱 한 송이의 꽃이라 너무나도 신기하여 재미삼아 여기에 장식해 두었던 것입니다."

"그래, 그렇군. 확실히 빨리 피기는 했구만."

"네, 그렇습니다. 다음 달 정도는 되어야 개화를 하는 것이 보통인데, 우연찮게 핀 것이겠지요."

"우연찮게 핀 꽃이라. 그렇구만."

"그럼 안내 드리겠습니다."

온천으로 들어서니 먼저 한 사람이 들어와 있었는데 아직 불도 켜지 않아 어둑어둑한 욕조에 몸을 누이고 있다가 인기척에 놀랐는지 급히 몸을 일으켜 세웠다. 간이치가 욕조에 들어가자 바로 나와서는

몸을 씻는 곳으로 가버려 간이치에게는 하얀 등만이 보였다

나이는 스물일고여덟 정도 되어 보였고, 약간 마른 체격에 그다지 신장이 크지 않은 남자였다. 계속 이리저리 좌우를 기웃거렸으나 얼굴을 확실하게 보지는 못해 안면이 있는 얼굴인지 아닌지 분간이 안 갔다. 그러나 이내 일면식이 없다는 것을 알게 되었는데, 무엇 때문에 사람 눈을 피하는 행동을 하는지 궁금했다. 연약하게 보이는 걸로 봐서 이 인근 주민은 아닌 것 같은데, 어떤 사람이고, 어떠한 사연을 가지고 있는지 간이치는 괜스레 신경이 쓰였다.

이윽고 간이치가 탕에서 나오자 마치 기다렸다는 듯 남자는 탕으로 다시 들어가 철저하게 이쪽은 바라보지 않겠다는 듯이 등을 돌리고는 조용히 몸에 물을 끼얹는 소리만을 낼 뿐이었다.

그 남자의 피부가 여기 사람이라는 생각이 들지 않을 정도로 하얀 것도, 골격이 야위었고 살이 없는 것도, 그리고 타인을 두려워하는 행동을 보이며 거동이 수상한 것도 모두 정상적으로 보이지는 않아 정신병을 앓고 있는 환자 같다는 느낌이 들었다. 지금이 초여름이라고는 하나 아직 쌀쌀함은 가시질 않았고, 이 쓸쓸한 산중에 와서 숙박까지 하며 머문다는 것은 필시 몸을 보전하고 우울함을 날려버리는 온천 요양이 목적일 것이라 내가 그것을 수상쩍게 여길 것은 없었다. 확실히 그럴 것이라고 생각을 하는 동안 그는 이쪽으로는 눈길도 주지 않고 온천을 끝내더니 유카타를 몸에 걸치고는 나가버렸다.

어둠의 색이 더해 가니 한 층 요란해진 물소리에 추위도 더해졌으나 사람손이 부족한 탓인지 등불도 켜지 않고, 피어오르는 증기와 함

께 온천의 내음이 만연한 가운데, 어스름한 어둠 안에 혼자 웅크리고 앉아있는 것도 왠지 청승맞다 생각되어 곧 간이치도 온천에서 나와 방으로 향했다. 방으로 돌아오니 도코노마에 장식해 두었던 백합은 보이질 않고 밝은 등불 아래 자리에 식사가 준비되어 있었다. 상 옆에는 손을 녹일 수 있도록 작은 화로가 놓여 있었고, 찻잔과 칠기 그릇 등이 준비되어 있는 광경이 한 눈에 들어오자 여행의 피곤함이 싹 가시는 듯 했다.

우선 옷걸이에 걸려 있던 솜으로 만든 두터운 상의를 걸치고 밤의 차가운 공기를 따스하게 데워 줄 화로를 끌어당겨서 담배를 피우고 있으니, 천지가 고요한 가운데 바위 위를 가로질러 흐르는 물소리와 나무의 맨 꼭대기 줄기를 스쳐가는 바람 소리가 들려와 이 세상이 아닌듯한 깨끗함과 조용함이 태고의 그것과 같았다.

이내 복도를 걸어오는 발소리가 나더니 아까와는 다른 어린 하녀가 저녁 식사를 가지고 왔다. 함께 따라온 여관 주인이 인사를 건네왔다.

"오늘 우리 여관을 찾아주셔서 감사드립니다. 많이 피곤하시죠? 이렇게 별도의 수고비까지 주시며 각별히 신경 써 주셔서 감사하고 황송합니다. 먼저, 손님께 사과를 드리고 싶은 점이 있는데, 지금 보시는 바와 같이 식사 준비가 제대로 되어 있지 않아 대단히 죄송스럽게 생각합니다. 실은 제철 음식이 나오기에는 조금 이른 시기이며, 그러다보니 손님들의 발길도 뜸한지라 준비에 소홀한 점이 있습니다. 다만, 하루나 이틀 정도만 참아주시면 제대로된 상을 차려 낼 수 있도록 정성껏 준비하겠습니다. 부디 넓은 아량으로 참아주시고 편히 지내시길 바랍니다. 여봐라 빨리 된장국을 따뜻한 것으로 바꿔오너라.”

주인이 인사를 하고 물러나자 간이치는 그가 말한 것과 같이, 계란으로만 차려진 소위 아무 것도 없는 밥그릇과 접시를 물끄러미 바라보았다.

“여기에 지금 손님이 몇 분이나 계시지?”

“손님 외에 한 분 더 계십니다.”

“한 명? 그 손님은 혼자 오셨는가?”

“네, 그렇습니다.”

“조금 전에 온천에서 잠시 봤었는데, 그 남자 손님 말하는겐가?”

“예, 맞습니다.”

“그 손님, 어디 아프신 분이신가?”

“그건 저도 잘 모르겠습니다만, 그렇지 않은 것 같은데요.”

“그런가? 아무데도 불편한 곳은 없단 말이지?”

“제가 보기엔 없는 것 같습니다.”

“그래? 내가 보기엔 왠지 어딘가 아파 보여서 말이지.”

“그렇습니까? 손님 혹시 의사 선생님이신가요?”

간이치는 자기도 모르게 입에 머금고 있던 밥을 뱉을뻔 했다.

“자네는 입재담이 좋구만, 난 의사는 아니네만 왠지 보기에 조금 불편한 구석이 있는 것 같아 병이 있는 건 아닐까 하고 생각했었다네. 여기 오신지 오래 되신 분인가?”

“아뇨. 어제 오셨습니다.”

“어제 오셨다고? 도쿄에서 오신 분이시던가?”

"네, 니혼바시(日本橋)에서 오셨다고 합니다."

"그렇다면 상인인겐가?"

"저도 거기까지는 잘 모르겠습니다."

"어때? 자네들 하고는 호의를 가지고 대화를 하거나 하는가?"

"그야 대화 정도는 하지요."

"나와 비교한다면 어떠한가?"

"손님과 비교해서요? 그야 손님처럼 친하게 대해 주시지는 않아요."

"그렇군. 그렇다면 내가 더 주저리주저리 말을 거는 쪽이란 거군."

"아뇨, 그건 아닙니다만, 그 손님은 말없이 묵묵하게 계실 때가 더 많다는 뜻입니다. 그리고 곧 일행이 더 오실 거라는 말씀을 하셨는데, 그 분을 몹시 기다리고 계십니다."

"오, 그래? 다른 일행이 나중에 더 온다는겐가? 저녁 맛나게 잘 먹었네."

"차린 찬이 없어 변변찮은 식사를 대접해 드렸습니다."

어린 하녀가 상을 들고 일어섰고, 간이치는 뒤로 벌러덩 드러누웠다.

스무 개의 객실을 둔 커다란 건물에 손님이 단 둘 밖에 묵지 않는다는 것도 적막한데, 이 심산유곡(深山幽谷)의 외딴 마을 한 구석에 어두컴컴한 밤에 둘러싸여 있는 청금루의 객실과 객실을 잇는 긴 복도란, 별빛 아래서 걷는 마을의 골목보다도 훨씬 마음이 불안한 무서운 길일 것이다. 문 하나를 두고 밖에서는 산에서 불어오는 무서운 바람이 끊임없이 불고, 물의 흐름이 빠른 여울의 세찬 물 부딪히는 소리는 나그네의 마음을 섬뜩하게 했다.

때마침 들려오는 가래를 뱉는 용도로 쓰는 항아리를 두드리는 소리가 이간(二間) 정도 떨어진 곳에서 조용히 들려왔다.

간이치는 자기도 모르게 혼자 그 남자 손님에 대해 이리저리 생각했다. 어디 몸이 불편한 것도 아니고, 나와 일면식이 있는 것도 아닌데 왜 그렇게 타인을 두려워하는 행동을 했을까? 그는 대체 어떤 사람일까? 또 무슨 연유가 있어 사람을 그리 두려워 하는 걸까?

간이치는 머릿속을 떠나지 않는 그 손님에 대해 생각하며 이 비밀의 열쇠를 풀고자 여러 생각을 하며 시간을 보냈다.

제2장2

다음날 아침식사를 마친 간이치는 우선 여기 하타오리 마을의 구석구석까지 쭉 한 번 훑어보고는 이 마을의 상황을 대충 짐작하게 되었다. 그리고는 청금루의 집안 내력 등을 생각하며 물가의 자갈밭으로 나갔는데, 그 곳에 있는 판자로 얕은 냇가를 건널 수 있도록 걸쳐 놓은 다리의 풍취에 흥미를 느꼈다. 그 판자 자리를 건너면 기쥬로쿠산의 산기슭이 나오는데 십정(十町)을 더 올라가면 스마키(須巻) 폭포 온천이 있다고 해서 결국은 거기까지 갔다가 정오를 즈음해서 여관으로 돌아왔다.

땀을 씻어내려고 온천을 향하던 간이치는, 마침 온천을 끝내고 나오던 그 남자 손님과 복도에서 스쳐 지났다. 이번에도 남자는 얼굴을 보이지 않으려는 듯 허둥대며 외면하고 지나갔다.

그가 타인의 이목을 일부러 피하려 한다는 것은 이제 의심의 여지가 없었다. 즉, 그는 스스로가 양심의 가책을 받는 바 있어 타인을 두려워하고 있는 것이었다. 그는 대체 어떤 사람일까 하고 간이치는 한층 의심을 갖게 되었다.

어제는 저녁녘의 어둠 탓에 얼굴을 확실히 볼 수 없었지만, 오늘은 나 자신이 놀랄 정도로 그가 잠깐 방심을 한 사이 속사기(速寫機)와 같은 힘을 발휘하여 비춰진 모든 모습을 하나 남김없이 모두 포착했다.

간이치는 그의 모습을 언뜻 보고도 즉시 그의 성격을 맞출 수 있을 만큼 확실히 볼 수 있었다. 하지만 어찌 된 연유인지 처음부터 수상쩍게 여겼던 그의 모습과는 일치하지 않았다. 그가 만일 정말 타인을 꺼려하는 것이라면, 그가 타인을 꺼려하는 것과 우리가 타인을 꺼려하는 것과는 다소 다른 점이 있지 않을까 라는 생각이 들었다. 그리고 그는 결코 스스로 양심의 가책을 받은 바 있는 것처럼 보이진 않았으나, 단지 그의 성격이 내성적이라서 그런 건지도 아직은 알 길이 없다. 이 두 가지 생각을 해서 내린 선택지 중에서 하나를 택하기도 어려워 그는 마음이 갈팡질팡했다.

점심을 내가기 위해 나이든 하녀가 방으로 왔기에 그 손님에 대해 슬그머니 물어보니, 식사 한 술도 뜨지 않고 방금 외출했다고 한다.

"그래? 점심도 먹지 않고 어딜간게지?"

"본래는 어제 즈음에 일행분이 오시기로 되어 있었나 봐요. 그 분을 몹시 애타게 기다렸었는데 결국 오시질 않아 오늘 아침부터 걱정

을 하시더니 정류장에 가서 상황도 볼 겸 전보도 치고 오겠다며 나가
셨어요."

"그렇군. 그건 아주 걱정이 되겠어. 흔히 있을 법한 일이지. 그렇지
만 대체 일행이 누구길래 밥 한 술도 뜨지 않고 마음을 졸인다는 건
가. 연세가 있으신 분이 오시는 겐가? 아니면 부인이 오시는 겐가?"

"글쎄요. 어떨까요?"

"자네는 알지 못 하나?"

"네, 저는 알지 못 합니다."

그는 무심결에 고개를 갸우뚱했다.

"손님도 꽤나 걱정이 되시나 봐요."

"그런 사정을 들으니 나도 걱정이 되는구만."

"손님도 잔걱정을 많이 하시는 성격이신가 봐요."

"상당히 그러하다네."

"그럼 그 손님의 일행 분이 연세가 있으신 분이나 친구 분이라면
괜찮으시겠지만 만약 아름다우신 분이 오신다면 손님은 큰일나시겠
어요."

"어떻게 큰일이 난다는 겐가?"

"또 걱정을 하실 것이 아닙니까."

"음, 그야 그렇군. 상당히 그럴 게야."

바람이 조용히 불고 풀내음이 은은하게 들으니 나도 그냥 방에만
있기에는 아까운 날씨라는 생각이 들어 간이치는 다시 나와 시오가
마(塩釜) 서남쪽으로 10정 정도 떨어진 산중에 있는 시오노유(塩の湯)

에서 온천을 즐겼다. 여관으로 돌아오니 쓸쓸히도 해가 져 가고 있었다. 여느 때와 다름없이 온천을 마치고 방으로 돌아오자 바로 식사가 준비되었고, 이내 등불도 밝혔는데 그 손님은 아직 돌아오지 않았다 한다.

"조용한 것도 나쁘지는 않네만, 손님이라고는 나 혼자라니 마치 외톨이라도 된 듯해 쉬이 마음이 놓이질 않는구먼."

간이치는 불평이라도 늘어놓는 듯 말을 꺼냈다.

"그러실테지요. 누가 뭐래도 여기는 깊은 산중이니 말예요. 처음부터 손님께서 혼자 오시겠다는 각오부터가 좋지 않았던 건 아닐까요? 그건 어쩔 수 없죠."

하녀는 일부러 큰 소리를 내며 웃었다.

"그렇군, 그건 내가 잘못 했어. 다음부터는 조심해야겠어."

"다음부터라는 말씀 마시고, 손님도 내일이나 전보를 치셔서 일행을 부르시는 건 어때요?"

"쉰 넷이나 되는 할머니를 불러 무엇 하겠느냐."

"어머나, 손님은 그런 재미난 말씀을 잘도 하시네요. 그럼 그 할머니 말고 다른 분을 부르시면 되잖아요."

"미안하지만, 내 집에는 그 사람 밖에 없거든."

"그럼 밖에는 많이 있다는 말씀인가요?"

"그야 밖에는 얼마든지 있지."

"어머, 제법 능력이 있으신가 봐요."

"있기는 무슨. 알고 보니 사실은 그게 모두 다른 사람의 것이더군."

"손님, 그게 무슨 말씀이세요. 사실대로 말씀해 주셔요."

"사실도 거짓도 그대로일세. 내게 그럴 마음이 있었다면 무엇 하러 이런 풀냄새나 나는 산중으로 온단 말인가."

"저런, 어차피 이미 그 풀냄새가 나는 산중에 와 계신걸요."

"이보게, 자네. 풀냄새는 고사하고 덴구 바위나 일곱 가지의 불가사의가 있는 무섭기 짝이 없는 산중임에 틀림이 없지 않는가. 그런 곳에 할 일 없는 듯 어슬렁거리며 혼자 제 발로 찾아왔다는 것은 어지간한 멍청이가 아니고서야 그럴 리가 없지 않겠어?"

"손님은 멍청이가 아니시잖아요. 그런 걸 모를 리가 있겠어요."

"멍청이도 아주 멍청이지. 숙박부를 보시게. 도쿄에서 온 멍청이 한 명이라고 적혀 있을게야."

"그렇다면 그 옆에 작은 글씨로 하녀, 시오하라 멍청이 한 사람도 있다고 적어둘게요."

"자네는 말을 아주 재미있게 하는구만."

"저 역시 조금 모자란 탓이죠."

간이치가 식사를 마치고 온천을 다녀오니 시계는 아홉 시를 알리고 있었으나 그 손님은 아직 돌아오지 않았다. 잠자리에 들고는 곧 열시를 알리는 소리가 들려왔으나 물소리만 공허하게 여관에 울리고, 소나무에 부딪히는 바람 소리만이 머리맡을 맴돌 뿐이었다.

애초에 그를 수상하게 여기지 않았더라면 별 대수롭지도 않았을 이런 사소한 일이, 커다랗고 형체를 알 수 없는 의심의 그림자를 만들어 결국은 의심의 눈초리를 가지게 했다. 간이치는 스스로도 망상에 지나치지 않는 의심의 눈초리가 더욱 커져감에 몹시 놀라게 되어 그 망상을 그만두자 마음먹었다.

그리고는 애당초 무슨 까닭으로 아무런 인연도 없는 그 남자에 대해 이토록 가볍고 집요하게 생각했던 것일까 하고 납득이 되지 않는 자기 자신에 대해 스스로가 해결책을 찾고자 했다.

사람이란 가끔 자신이 어디에 이끌리고 있는지 모르는 경우가 있다. 간이치는 스스로의 마음을 억누르고 의심을 하지 않기 위해서는 합리적으로 생각해야 한다고 믿었다. 하지만 한편으로는 환상과도 같은 커다란 그림자의 명상(瞑想)이 달라붙어 합리를 초월하는 것도 있지 않느냐고 마음을 뒤흔들어 놓았다.

입구 쪽 계단에 걸려있는 큰 시계는 병이라도 걸린 듯 둔탁한 소리를 복도의 어둠 속에 울려 퍼트리고 있었다. 그러고 보니 벌써 11시다.

그 손님은 이런 야밤에도 아직 돌아오지 않고 있었다.

그는 돌아오지 않는 건가, 아니면 돌아올 수 없게 돼버린 걸까? 하는 생각이 머릿속을 떠나지 않아 쉽사리 잠들지 못하고 뒤척였다. 이제는 열두 시가 되었겠지 하며 걱정을 하며, 시계 소리는 듣지 못한 채 겨우 잠이 들었다. 아침해가 높이 뜨기도 전에 일어나 보니, 방 밖에서 어린 하녀가 걸레질을 하고 있었다.

"안녕하세요, 좋은 아침입니다."

"아직 졸린 얼굴을 하고 있군."

"네, 어젯밤에 저쪽 방에 묵고 계신 손님께서 돌아오시지는 않을까 하여 늦게까지 기다렸더니 오늘 아침은 졸립니다."

"아, 그렇군. 그 손님은 어젯밤 돌아오시지 않으셨나?"

"네, 돌아오시지 않으셨습니다."

간이치는 그 손님방의 문이 열려있는 것을 보고 이쑤시개를 입에 문 채 난간을 따라 바깥구경을 하는 척 그 앞을 지나가며 방 안을 살폈다. 도코노마에는 팥색의 가죽 손가방과 엷은 남빛의 옥양목으로 만든 보자기, 그리고 두세장의 신문지가 동그랗게 말려 있었으며, 옷걸이에는 비단으로 만든 기모노가 걸쳐져 있고, 그 아래쪽에는 감색의 양말이 잘 개어져 놓여 있었다.

방 안은 이상하리만치 수상히 여길 것이 없었다. 숙박부를 통해 그가 양복 재단업에 종사하고 있음을 알고 있었기에 자신의 직업에 어울리는 방이라는 생각이 들었다.

김이 빠져 돌아온 간이치는 마음속으로 몰래 생각했던 지나친 추측들이 조금 부끄러웠다. 하지만 이것만으로 바로 그가 누명을 벗었다고 하기에는 왠지 석연치 않은 점이 있어, '좋아, 그렇다면 그 기다리고 있는 일행이 어떤 사람인가를 보면 결론이 나올 거야.'라며 곧 그가 그 소식을 가지고 돌아오기만을 이제나저제나 기다렸다.

밤에는 산의 정령과 노목의 정령이 나와서 노는 것을 연상케 하는 어두침침하고 어쩐지 쓸쓸한 느낌이 들었다. 반면에 맑게 개인 대낮에는 산수의 경치가 깨끗하고 아름다워 그림에 비할 만 했고, 하늘의 색깔이나 공기도 거의 이 세상을 떠난 선경을 방불케 했다. 황금으로 짠 듯한 비단결같이 아름다운 햇빛을 쬐면서 수많은 구슬을 울리는 골짜기의 맑은 물소리를 즐기며 난간 앞쪽의 산을 베개삼아 황홀하게 잠에 빠져들던 간이치는 갑자기 발소리가 복도에 울려오는 것에 놀라서 옮겨누운 채 머리를 돌려보니, 무슨 일이 일어난지는 모르지만 나이 든 하녀가 급히 달려왔다.

"저기요, 손님! 왔어요, 왔다구요! 빨리 와 보셔요, 빨리요."

"뭐가 왔단 말이지?"

"뭐가 뭔지는 일단 나중에 보시고, 어서 와 보세요."

"뭐지? 무슨 일인가?"

"어서 계단 쪽으로 가 보셔요."

"오, 그렇군. 그 손님이 돌아왔나보군."

그녀는 벌써 날 듯이 가버렸고 간이치의 말은 그 뒤에 남겨졌다. 그녀가 재빠르게 보고한 내용은 기다리던 사람이 왔다는 것이라 생각한 간이치는 곧장 일어나 바깥 계단 쪽으로 갔다. 그때 두 사람의 모습이 난간 위로 나타났다.

차양이 넓고 남빛이 감도는 쥐색 중절모를 앞으로 눌러쓴 사나이는 그 얼굴을 보이지 않으려고 했지만 바로 그 손님이었다. 데리고 온 여자는 스물두셋쯤 되어 보였다. 머리칼을 반달 모양으로 말아서 은행잎처럼 불이고는, 크림색 빗과 금비녀를 깊숙이 꽂고 머리칼 하나도 빠뜨리지 않고 아주 시원하게 땋고 있었다. 다갈색의 가는 겨자 무늬가 있는 천에 색이 짙은 안감을 댄 겹옷을 입고 지리멘의 하오리에 두른 네덜란드식 겹 허리띠에는 가는 금줄이 섞여 있었다. 품위있고 아름다운 옷 소매로 입가를 닦으며 외출용 가방을 짧게 들었으며, 문득 이쪽을 돌아보는 얼굴은 창백하고 입술 연지를 칠하지 않아 약간 쓸쓸하게도 철이 지난 꽃처럼 까칠해 보이지만 아름답고 시원스러운 눈매는 어쩐지 마음에 배어들 정도였다.

두 사람은 그의 시선이 노골적인 것에 기가 죽은 것 같았으며, 앞을 다투듯이 빠른 걸음으로 지나갔다. 간이치 역시 그 당돌한 만남에 당황하여 자세히 살필 수 있는 틈도 없었으나, 그 여자가 결코 그의 아내가 아니라는 것을 알 수 있었다.

제3장

남녀는 그리움을 견딜 수 없었다는 듯 서로 가까이 다가서 손을 맞잡으며 조용히 말을 주고받았다.

"그래요, 그래서 나는 얼마나 걱정했는지 몰라요. 도저히 당신이 여기서 상상한 것처럼 되지 않아요. 하기야 당신 걱정도 그렇겠지만 내 걱정은 하지 않았어요. 당신 걱정도 알아달라고 하지만, 그건 서로 마차가지가 아니겠어요. 아아, 나는 지금도 가슴이 두근거리고 누가 뒤쫓아오는 것 같은 기분이 들어서 어쩐지 마음이 놓이지 않아요."

"어쨌든 이렇게 약속대로 만났으니 잘된 셈이오."

"정말 그래요. 그저께 밤 내 걱정이란 대체 이 노릇을 어쩌면 좋을까하고 생각할 정도였는데 지금은 나 자신도 잘 빠져나왔다는 생각이 들어요. 역시 인연이란 그렇게 쉽게 끊어지지 않는 건가 봐요."

"그 인연이 끊어지지 않아서 우리들이 이렇게 막다른 신세에 처한 거지. 나도 이렇게 되리라곤 생각지도 않았지만 과연 악연이란 하는 수 없는 것이야.”

그녀는 여전히 조용히 흐느끼고 있는 얼굴을 돌린 채 말했다.

“당신은 걸핏하면 악연이다. 악연이다 하시는데, 그래 악연이라 어쨌다는 거예요!”

“악연이기 때문에 이렇게 된 게 아닌가!”

“이렇게 된 게 어떻다는 거예요!”

“이제와서 뭘 어떻게 할 수 있겠어?”

“당연하죠! 당신은 정말 매정하군요.”

“이봐 시즈(靜), 매정하다니 그건 누굴 두고 하는 말이지?”

남자의 눈에 갑자기 눈물이 맺혔다.

“당신 말이에요.”

여자의 눈에서는 눈물이 뚝뚝 떨어졌다.

“나라고? 시즈…… 그런 말을 해도 괜찮단 말인가?”

“괜찮든 그렇지 않든, 당신이 매정하기 때문이에요.”

“또 그런 말을 하는군! 대체 뭐가 매정한지 어서 말해봐.”

“네, 말하고말고요. 당신은 내 얼굴만 보면 곧장 악연이라고 말하는 것이 버릇이에요. 우리 두 사람의 악연은 당신이 그렇게 말하지 않더라도 잘 알고 있어요. 그것도 당신 한 사람만의 악연도 아니고, 나도 정말이지 말할 수 없는 고생을 하고 있지 않아요. 그것을 당신이 그토록 귀찮은 듯이 말끝마다 악연이다. 악연이다고 말씀하시지만, 그것을 듣는 입장이 되어보세요. 그다지 기분 좋은 일이 아니예요. 그것도 보통 때 같으면 모르지만, 죽음을 각오한 이 마당에 그런 말을 하는 것은 당신 마음이 냉정하기 때문이에요 —어떻게 그렇지 않다고 말할 수 있어요?"

"악연이기에 그렇게 말하는 것 아닌가? 뭐가 귀찮아서……"

"악연이라도 좋아요."

그들은 서로 등을 지고 잠시 아무 말이 없었는데, 여자는 살며시 흐느끼고 있었다.

"이봐 시즈, 이봐."

"당신은 틀림없이 귀찮은 거예요. 당신 생각이 그렇다면, 나는…… 정말이지…… 보람이 없어요. 나는 어쩌면 좋아요. 정말 비참해요!"

시즈는 드디어 얼굴을 가리고 울었다.

"왜 그래? 너도 생각해보면 알 수 있잖아. 내가 귀찮아하지도, 아무것도 개의치 않기 때문에 이렇게 죄를 지고 떳떳이 살지 못하는 신세가 된 거 아닌가. 또 이러한…… 처지가 된 것 아닌가, 그것을 거짓말일지라도 매정하다고 말하면, 난들 분하지 않겠는가. 너무 분해서 나는 눈물이 나. 시즈, 난 손님의 비위나 맞추는 인간이 아니라 당당한 남자야. 네 비위나 맞추고 있을 순 없으니 그렇게 알아."

"사야마 씨, 그렇게까지 말할 필요는 없잖아요."

"네가 말을 꺼냈기 때문이지."

"하지만 이렇게까지 됐는데 당신이 귀찮다는 듯이 말하니까 나는 정이 떨어져서 어찌할 바를 모르겠어요. 그럼 제가 잘못했으니 용서하세요. 사야마 씨, 제발."

남자는 멍한 얼굴로 시즈의 얼굴을 물끄러미 쳐다보았다.

"사야마 씨, 무슨 생각을 그렇게 하세요?

"뻔하지 않나? 우리 두 사람의 처지지."

"왜 그걸 생각하세요?"

"……"

"이제 와서 무슨 생각할 게 있어요?"

사야마는 천천히 눈을 돌리더니 한숨을 크게 내쉬었다.

"이제는 그런 한숨도 쉬지 마세요."

"이제 너도 스물…… 둘이구나."

"그래서요? 당신은 스물여덟이죠."

"그땐 네가 열아홉의 여름이었던가."

"아 그래요, 어쨌든 겹옷을 입고 있었으니까, 마침 이맘때였어요. 고게쓰(湖月) 씨 댁 연못에 달이 밝게 비추고 따뜻한 밤이어서 당신과 함께 저녁 바람을 쐬러 나갔었죠. 아주 똑똑히 기억하고 있어요. 그러니까 열아홉, 스물, 스물하나, 스물둘, 딱 삼년이 되는군요."

"오오, 그래 그래. 엊그제 일 같은데 벌써 3년이 되는군."

"어쩐지 꼭 꿈만 같아요."

"아아, 꿈이라."

"꿈이죠."

"시즈!"

"사야마 씨!"

두 사람은 손을 맞잡고 무릎을 맞댄 채 여전히 같은 생각을 하며 슬픔에 젖어 있었다.

"꾸⋯⋯ 꾸⋯⋯ 꿈이구나!"

"꿈이에요. 그래요!"

소리를 내지 않으려고 남자의 가슴에 얼굴을 묻고 여자는 흐느꼈다.

"이렇게 된 것도 모두 운명이겠지만 그놈만 없었다면 당신이 이렇게 고생을 하지 않아도 됐을 거예요. 나는 나대로 이리저리 궁리하여 최악의 사태에 처했을 때의 일도 대략 생각해두었으니, 좀더 기다릴 수만 있다면 언젠가는 신의 뜻에 의한 제비의 점괘와 같이 되는 것이 이미 눈에 보이는 듯했는데 그놈이 방해를 해서 도리에 어긋난 짓을 저질렀기 때문에 소중히 모셔야 할 당신 몸에 돌이킬 수 없는 상처를 입혀서, 사야마 씨, 너무 미안해요! 용⋯⋯ 서⋯⋯ 해주세요."

"그게 무슨 말이야, 서로 마찬가지인데."

"아니에요, 제가 좀 더 용기가 있었다면 이렇게까지 되지는 않았을텐데 속으로는 생각이 많아도 그것을 선뜻 실천하지 못하는 천성이라서 결국 이렇게 된 거예요. 그래서 난 당신한테 얼마나 미안한지 몰라요. 나 자신보다는 당신 일이 걱정이에요. 제가 눈치채지 못하도록 속으로만 애태우고 있으리라는 생각이 들어요. 만날 때마다 내 몸을 생각해서 언제나 정답게 대해주시는 것은 참으로 쉬운 일이 아니라는 생각이 들어 저는 기쁨보다도 고맙게 생각하고 있어요. 그래서 최근에는 당신을 만나기만 하면 눈물이 나서 어쩐지 슬퍼지기만 하는 것이 이상하다고 생각했는데, 과연 이런 일이 일어날 전조였나봐요. 당신에게는 미안하다고 항상 내 쪽이 열등감을 느끼고 있는데, 악연이라는 말을 들으면 저는 몸둘 바를 모르게 되고, 아아, 그렇지도 않다. 당신이 괴로워하고만 있는 것이라면 아직 괜찮지만 혹시나 귀찮은 계집에게 걸려들었다고 후회하고 있지나 않을까하는 생각을 하면 기분이 좋지 않아서 자신도 모르게 아까처럼 지나친 말을 하게 돼서 정말 죄송해요. 그것은 이미 당신이 말한 바와 같이 악연임에 틀림없지만 제발 부탁이니 그런 좋지 않은 일은 생각하지도 마세요. 저는 이것으로 숙원이 이루어졌다고 생각하고 있어요."

"무 자르듯 헤어지는 것보다는 낫지."

"헤어진다고요? 아아, 싫어요! 생각만 해도 소름이 끼쳐요. 인연을 끊거나 헤어진다는 건 그놈이 오기 전에는 꿈에도 생각해 본 적이 없어요. 저도 어머니에게 당신과의 관계를 끊으라고 얼마나 책망받았는지 몰라요. 그리고 드디어 이렇게 된 것도 생각해보면 모두 그놈 때문이에요. 아, 분해! 반드시 놈을 붙들어서라도 이 원한은 풀테니 두고보세요!"

여자는 몸을 부들부들 떨며 욕설이라도 퍼부을 듯한 표정을 지었다. 이 원한, 매도, 저주를 받는 자는 대체 누구인가.

"그놈도 보통 바보가 아니군!"

남자는 이를 갈면서 괴로운 듯이 비웃었다.

"바보도 보통 바보가 아니죠! 엄청난 바보예요. 이 개새끼! 애인이 있는 여자가 돈에 쏠릴지 안 쏠릴지는 조금쯤 생각하면서 놀아야지, 찾아오면 얼굴을 찌푸리는데도 그것마저 눈치채지 못하고 아주 귀찮게 매달리면서 결국은 남의 사랑을 방해하다니, 그놈도 정말 무능하기 짝이 없는 얼간이지 뭐예요. 밉기도 하고, 저는 이제 너무 분해서, 사야마 씨, 사실은 말이죠, 저는 이 세상에 남기는 선물로 그놈의 이마를 박살내고 왔어요."

"응, 왜?"

"저 말이죠. 당신과 헤어진 그날부터 끊임없이 찾아와 틀어박혀서 잠시도 제 곁을 떠나지 않지 뭐예요. 제 기분은 말이 아닌데 아주 거머리처럼 들러붙어서 제가 꾀병을 부려 안방으로 도망치면 곧바로 쫓아오는 거예요. 그러면 방법은 뻔하죠. 분명히 교섭이 되어 있으니 어머니는 옆에서 부추기기 마련이죠. 하기야 제정신으로는 꼴사나워서 볼 수 없는 후대를 하니 그놈은 신이 나서 야, 목욕물을 준비해 놓아라, 맥주를 차게 해두어라 하면서 그 좁은 내실에서 제멋대로 설치며 좀처럼 움직이지 않으려 했어요. 저는 마치 생포된 신세가 되어 빠져나올 수도 없고, 당신과의 약속이 있으니 그러고 있을 수도 없어서 그토록 조바심을 낸 적이 없을 정도였죠 — 참으로 어떻게 해야 좋을지 알 수가 없었어요. 그래요. 그까짓 놈은 내쫓아버리고 나는 솜옷을 둘러쓰고 일편단심으로 당신만을 생각했지만 더 이상 애가 타서 견딜 수가 없자 차라리 상관치 않고 뛰쳐나가 버릴까 하고 생각도 했지만 동생으로 삼은 단코(丹子)도 생각해보면 불쌍하고 그 아이를 비롯해 엄마까지 나만 의지하고 있는데 내가 떠난 뒤에는 얼마나 낙심해 있을 것이며, 또 단코 역시 하지 않아도 될 고생까지 할 텐데 하면서 그런 생각에 이끌려 여러 가지 해두어야 할 얘기도 있고 해서 그 아이의 엄마도 만나야할 것 같고, 게다가 나도 나오려면 해두어야 할 일도 있고 해서 결국 꾸물거리다가 빠져나오지 못한 거예요. 그러고나서 어떻게 되지 아세요? 그놈이 새벽 두시가 지날 때까지 눌러붙어 있다가 그것도 마지못해서 돌아간 것까지는 좋아요. 그런데 다음날 엄마의 잔소리가 시작됐지요. 이제 그만 결심을 하라는 거였어요. 이렇게 말하면 미안하지만, 길러준 은혜도 지긋지긋하게 들었어요. 그것도 몇 번이나 되풀이해서 욕설을 퍼부으며 실컷 타일렀는데 끝장에는 말대꾸했다고 발로 찼어요. 하기야 발로 차든 얻어 맞든 그것을 분하게 생각하지는 않지만 내겐 당신이란 분이 있다는 생각으로 열심히 벌어서 살 수 있는 일만은 분명히 했는데도 제 아무리 욕심에 한도가 없다 할지라도 금속으로 된 기계도 아닌데 그렇게 혹사당하다 보면 기분이 말이 아니게 되지요. 특별히 어떻게 해주지 않아도 그런 마음이라도 알아준다면 쓰라린 것 따위는 얼마든지 참고 견딜 수 있지만 말이에요. 연인과의 사이를 가로막아버리고 손님을 받으라고만 하는 거예요. 그렇게 하기 싫은 짓을 하지 않아도 제가 충분히 벌어들이고 있는데도 말이에요. 그런데도 억지를 쓰며, 솔직하지 않다느니 바보라느니 하면서 발로 차다니. 그게…… 무슨…… 무슨 짓이에요! 그러자 저도 화가 나서 더 이상 참지못하고 말도 않고 뛰쳐나올까 하고 있는데 운 나쁘게 또 그놈이 오지 않았겠어요. 그래서 붙잡혀서 그때 형편으로는 도망칠 수도 없자 엄마는 됐다, 함께 가라, 가라고 떠들어대고 그놈은 어쨌든 가자고 말하며 놓아주질 않았어요. 저도 집을 나서는 게 유리하다고 생각했기 때문에 그저 하라는 대로 사람들이 보통 가는 유흥업소로 끌려간 격이 됐어요. 그 밑질김 때문에, 또 돌아가지 않고 무슨 의도라도 있었는지는 모르겠지만 그 날 밤따라 자꾸 술을 권하지 않겠어요. 저도 화가 치밀어서 마시지 못 하는 술을 실컷 받아 마셨지만 취하지도 않았어요. 그러는 동안 또 듣 기 싫은 애기를 꺼내고 제가 거스르지 않고 요령있게 상대해주자 좋 아서 그러는 줄 알고 우쭐대며 못된 짓을 하려고 해서 기진맥진하도 록 툭툭 말해주었더니 이번에는 자포자기하여 욕설을 퍼부으며, 야 아 팔리지도 않고 먼지만 둘러쓰고 있는 기생이라느니 찬밥 먹은 고 용인이 어떠니 하며 차마 귀담아들을 수 없는 말만 했기 때문에 저도 대담하게 욕설을 퍼부어주었지요. 그러자 결국 그놈이 뭐라고 했는 지 아세요? 아무리 발버둥쳐도 돈에 묶인 몸이야., 하고 돼먹지 않은 말을 하지 뭐에요. 그래서 저는 이렇게 말해줬어요— 가엾지만 당신 은 아주 눈이 멀어서 쓸데없는 짓을 하고 있군요."

듣고 있던 사야마는 속이 시원하다는 듯이 고개를 끄덕였다.

"그래서 그놈은 몹시 화를 내고서 소란을 피웠어요. 못된 년이라 느니 하면서 내 옷깃을 잡고 질질 끌고 넘어뜨렸어요. 너무 마셨기 때 문에 역시 취했던 거였어요. 그때는 이미 정신없이 오직 그놈이 미운 것이 가슴에 벅차올라서, 이 개새끼 하고 생각하며 재빨리 거기에 있 던 접시를 그놈 얼굴에 내던졌어요. 마침 그것이 미간에 맞아서 피가 뚝뚝 흘러 얼굴이 반쯤 새빨개졌죠. 이대로 있다가는 안되겠다는 생 각이 들어 온 집안이 발칵 뒤집힌 틈을 타서 몰래 뛰쳐나오기는 했 지만 별로 갈 곳도 없어서 단코 어머니한테 달려갔었지요. 그런데 다 행히도 방금 여행에서 돌아온 길이었고, 시간을 보니 열시가 약간 넘었더군요. 이제 기차는 없고 마음은 바쁘지만 어차피 약속한 시간에는 당도할 수도 없고 게다가 할 얘기도 있고 해서 하룻밤 폐를 끼치기로 하고 머리를 빗겨달라고 한 뒤 무슨 사정이 있어서 당신과 함께 당분간 숨어지내게 되었다는 얘길 했지요. 그러고나서 단코의 얘기도 자세히 말해주었더니— 착한 사람이에요, 그 엄마는— 엉엉 울기 시작하며 자기 딸에 대해서는 한 마디도 않고 오직 제 처지를 걱정하고 이런저런 얘기를 해준 그 참뜻을 생각하면…… 아아, 같은 인간이면서 제 엄마는 정말이지 마녀예요! 저도 단코의 어머니 같은 생모가 있다면 이런 고생을 하지 않을 것이며, 또 당신과 같은 분이 있는 것을 크게 의지할 수 있다고 생각하여 기쁘기도 하고 소중히 모셔야겠다고 생각하면 너무나 슬퍼져서 어쨌든 너무 비참해져서 저는 얼마나 울었는지 몰라요. 게다가 저를 그토록 믿고 의지했던 엄마이기에 당분간이라도 시골로 가버리겠다고 말하자 섭섭하다, 허전하다 하고 말하지 뭐예요. 나도 헤어지는 것이 슬플 정도였는데, 어디든 안정이 되면 부디 제일 먼저 주소를 알려달라, 곧 찾아가보겠다고 간절히 얘기했기 때문에 나중에 제 소식을 들으면 아마도 깜짝 놀라서…… 틀림없이 병이라도 날 거예요. 생각해보면 단코도 불쌍하고 그 엄마도 불쌍해요. 아!"

그녀는 흐느끼면서 괴로워했다.

"그렇다면 집에서는 더 한층 야단법석을 떨며 찾고 있겠군."

"큰일났겠지요."

"그렇다면 너무 꾸물거려선 안되지."

"왜요, 사야마 씨, 앞일은 뻔하니……"

"그렇지."

"그러니까 말이에요, 이제는 빠른 편이 좋아요."

여자는 흐느끼면서 그자리에 쓰러져 울었다. 사야마는 눈물을 글 썽이며 말했다.

"시즈, 이봐, 시즈,"

"네…… 네. 사야마 씨!"

가엾다, 정이 넘쳐 그들이 서로 껴안는 것은 필경 끝없는 슬픔을 안고 있기 때문일 것이다.

제3장 2

두 사람이 울면서 이야기하고 있는 동안 간이치는 따분한 나머지 기둥에 기대어 점점 저무는 햇빛을 받고 서 있었다.

그가 기다렸던 사람이 어떤 사람인지를 보고서 의혹을 풀려고 했 던, 간이치도 그 사나이가 데리고 돌아온 여자를 보았지만 의혹심은 더해지고 새로운 의문마저 들었다.

웬일인지 여자의 얼굴빛은 아주 창백하고 그 점은 남자도 마찬가 지였는데, 그건 같은 걱정을 하고 있기 때문이리라. 어떤 범죄 뒤에는 반드시 여자가 끼어 있다는 얘길 들었지만 만약 그 말이 맞다면 그는 바로 그녀 때문에 어떤 죄를 범했을지도 모르는 일이었다. 그 죄 때문에 남자는 괴로워하고, 그 괴로움 때문에 여자가 걱정한다면 그들은 참으로 서로 굳게 사랑하고 있는 것이 아니겠는가.

그들이 무엇 때문에 이 인적 드문 산중에 왔는지 알 수 없었다. 그 죄를 피하기 위해서인가, 그 고통과 근심을 잊기 위해서인가, 아니면 그 사랑을 다하기 위해서인가. 필시 둘은 부부가 아니며, 여자가 기생인 것 같지만 결코 남의 눈을 피해서 즐기는 것으로 보이지는 않았다. 그렇다면 이 밀회는 무엇일까.

간이치는 그가 여자를 훔쳐서 도망쳐온 것이 아닐까 하는 추측을 먼저 해보고 또한 어떤 사연이 있는 것일까하고 추측했다. 그러다가 갑자기 한줄기 빛이 번쩍이더니 그의 어두운 가슴 속을 희미하게나마 밝혀주었다.

이때 간이치는 아타미의 옛 꿈을 상기하지 않을 수 없었다.

이 세상에 간이치 외에는 사랑하는 사람이 없었던 미야는 그와 도망치기를 거부하고 겨우 한번밖에 본적이 없는 도미야마와 결혼하고도 아무런 양심의 가책을 받지 않았다. 아아, 그때의 내 원한, 그녀의 오늘의 후회! 그런데 지금 시즈는 밤낮없이 화려하고 돈의 유혹을 받기 쉬운 화류계에 있으면서 지키기 어려운 절개를 지키고 용납될 수 없는 사랑을 따라서 도망치려 하고 있지 않은가.

이렇게 생각한 간이치는 앞서 두 사람을 의심했던 것과 같은 지탄받아야 할 죄인이 아니라 떳떳하게 사랑을 위해서 도망쳐온 사람들이기를 남몰래 기도하고 싶은 심정이었다. 만약 그렇다면 간이치는 그들의 괴로운 처지와 애절한 뜻을 자세히 듣고 싶었다.

사랑에 실패하여 오랫동안 마음의 상처를 입고 살아온 간이치는 일부러 다른 사람들의 성패를 보고 싶어했던 것이다. 그는 자신의 불행이 얼마나 불행하며 남의 행복이 얼마나 행복한가를 상기하고, 또 자신의 실패가 얼마나 무참하고 남의 성공이 얼마나 만족스러운 것인가를 생각했다. 또 자신의 맹세가 얼마나 얕고 남의 인연이 얼마나 깊은가를 생각했다. 자신이 받은 사랑이 얼마나 천박하고 다른 사람들이 주고받는 정이 얼마나 두터운가를, 또 자신의 사랑의 장해가 얼마나 강하고 사랑이 받아들여지는 세상이 얼마나 좁은지를 생각했다. 아아, 이미 내 사랑은 깨질 대로 깨진 것이다. 알아서는 안되는 남의 사랑이 마침내 어떻게 될 것인가를 상상하면서, 낮에는 될 수 있는 대로 틀어박혀 있던 그 두 사람이 밤이 되면 함께 목욕을 하는 것을 알아차린 간이치는 그들이 더더욱 남의 눈을 피하리라고 생각했다.

그들은 돌아와서 잠시 술잔을 나누는 듯 했으나 큰소리 한번 내지도 않고 장지를 비추는 등불만이 아주 밝을 뿐, 방안의 고요는 마치 이슬이라도 내려앉은 것 같아서 끊임없이 불어오는 바람에 그들은 결코 취하지도 않을 것 같았다.

간이치는 할 일도 없어서 일찍 잠자리에 들었으나, 잠시 잠이들었다 싶으면 곧 눈이 떠져서 그대로 잠들지 못한 채 이런저런 생각에 빠지기 일쑤였다.

밤의 고요함을 뚫고 남녀의 속삭임이 새어나왔다. 아주 희미해서 알아들을 수는 없었으나 소곤거리는 소리가 끊임없이 베개맡에 울려와서 오히려 큰 소리보다도 더 귀에 거슬렸다.

그렇지 않아도 잠들지 못하던 간이치는 더더욱 정신이 말똥말똥해지고 마음은 점점 맑아져서 하릴없이 그들의 신상에 대해 계속해서 이리저리 추측할 뿐이었다. 그들이 그 희미한 소리로 끊임없이 이야기를 주고받는 것으로 보아 짧은 밤이 부족할 것 같기도 했다.

갑자기 내뿜는 듯이 그 소리가 쑥 높아졌다. 간이치는 깜짝 놀라서 귀를 기울였다. 여자가 갑자기 울기 시작했다.

그때 남자의 목소리는 전혀 들리지 않고 오직 여자의 울음소리만 새어나왔다. 정신을 차린 간이치는 더 한층 신경을 곤두세웠는데 왠지 모르게 가슴이 두근거렸다.

잠시 흐느끼던 여자의 소리가 드디어 그치고 또 생각에 잠긴 듯한 어조로 얘기를 시작했으나, 한번 격해진 음성은 자연히 처음보다 더 높아졌다. 하지만 무슨 얘기인지는 여전히 들리지 않았고 남자의 소리는 오히려 아까보다도 더 희미했다.

간이치는 기침도 않고 귀를 기울였다.

때로는 끊어졌다가 또 계속되고, 다시 이어지는 그들의 이야기는 누에가 끊임없이 실을 자아내듯이 한이 없었다. 참으로 그들은 이렇게 쌓이고 쌓인 이야기를 듣고 들어주기 위해서 여기로 온 것이 아니겠는가. 하지만 날은 내일도 모레도 있는데 왜 그리 조급하게 얘기하는 것일까. 그토록 오랜만에 만난 것일까. 말하지 않고서는 가슴이 터질 듯한 심정인가, 이렇게 하지 않고서는 만족할 수 없을 만큼 사랑하는 사이일까. 이런 생각을 하고 있자 간이치는 참으로 자신의 과거를 생각하며 감개가 무량하여 베개를 끌어당기고 잠옷을 뒤집어쓰고 몸을 뒤척거렸다.

어느새 멈췄는지도 모르게 잠자리에서 주고받던 이야기는 드디어 끝이 났다. 간이치도 드디어 짧은 잠을 자고 평소보다 좀 이르긴 했지만 일어나자마자 아침의 찬공기를 느끼며 목욕탕으로 달려갔다. 아무도 없으리라 생각했던 목욕탕 안에서 그 남녀가 목욕을 하고 있어서 간이치는 깜짝 놀랐다.

그는 문을 탁 닫고 얼른 돌아왔다.

제4장

두 사람은 다소 더웠던 그날에도 방에 틀어박혀 저녁때까지 그대로 있었다. 황혼이 산들을 에워싸고 잔뜩 찌푸린 구름은 비가 되어 차갑게 부슬부슬 내렸다. 방안에 놓인 등불로 드리워진 그림자 때문에 벽에 비치는 모습마저 모두 쓸쓸하게 느껴져 괜히 눈을 뜨고 있을 필요가 없을 것 같았다. 그래서 간이치도 잠자리에 들었다.

등불을 어둡게 줄인 그들의 방처럼 여관집 사람들도 서둘러 잠자리에 들어 고요할 때 열한시를 알리는 종이 울렸다.

골짜기의 물 흐르는 소리가 너무나 요란해 정신이 없는 와중에 끊임없이 내리는 빗소리마저 들렸다. 중병에 걸린 듯 힘없는 벽시계가 숨이 끊어질 듯이 자정을 알릴 때, 두 사람이 잠든 방의 등불이 갑자기 밝아졌다.

그들은 함께 일어나서 화로 앞에 앉았다.

"상을 가져오지 않겠는가?"

"네"

여자는 나직한 소리로 대답했지만 좌절감으로 인해 아주 풀이 죽어서 좀처럼 일어서질 못했다.

"사마야 씨, 저는 아직 당신에게 드릴 말씀이 아직도 있는 것 같은 기분이 들어서⋯⋯."

"아니야, 이미 이렇게 된 바에야 서로 얘기하지 않는게 좋아, 말하면 역시 미련이 생기니까."

그는 조용히 머리를 숙이고 눈을 감았다.

"당신, 그 반지를 제 것과 바꿔주세요."

"그래."

서로 그 손에 끼여 있는 것을 빼서 남자는 인감도장용의 반지를 여자의 손가락에, 여자는 다이아몬드가 박힌 것을 남자의 손가락에 끼우고서도 서로 떨어지지 못하고 아무 말도 못하고 있었다.

그때 비가 한바탕 거세게 쏟아졌다.

"아아, 무섭게 내리는군."

"당신은 평소에 비를 좋아했는데, 틀림없이 그래서⋯⋯ 작별⋯⋯ 인사로 내리는 걸 거예요."

"딱 맞는 시각이야. 저 비를 반주로 해서 ⋯⋯ 시즈, 이제 각오를 하라구!"

"네⋯⋯ 넷. 사야마 씨, 그럼 저도⋯⋯ 각⋯⋯ 오 했어요!"

"술을 갖고 오지."

"네."

시즈도 이제는 힘을 내서 저녁 무렵에 부탁해서 도코노마에 두었던 술과 안주를 들고 와서 두 사람 사이에 상을 놓자 남자는 재빨리 술을 따끈하게 데웠다. 그동안 두 사람은 얼른 옷을 갈아입었는데 그때 옷에 허리띠가 스치며 바스락거리는 소리가 크게 울려 부슬 비 내리는 깊은 밤을 더욱 놀라게 했다.

"아니, 왜 이러지!"

여자는 허리띠를 매면서 그 끝을 흔들며 몸부림쳤다.

"왜 그래?"

"아니, 허리띠가 이렇게 묶여버려서요."

"허리띠가 묶였어?"

"아아! 당신이 풀어주세요, 네?"

"무슨 좋은 일이 일어날 징조 같군."

"저는 만약 잘못해서 망신을 다하는 일이라도 있게 되면 어쩌나 하고 걱정이 되어 견딜 수 없었는데 이젠 됐어요."

"그것은 걱정 없으니 안심해도 좋아. 하지만 만약에 말이야 시즈, 그런 일이 없겠지만, 운 나쁘게 늦어지더라도 나는 틀림없이 뒤따라 갈 테니…… 어떻게 해서든 갈 테니, 원망 말고 기다려줘. 응, 알…… 알았지?"

엎드려 있던 시즈는 갑자기 남자의 무릎에 얼굴을 묻고 울음을 터트렸다.

"그 대신, 혹시 네가 늦게 되면 나는 죽더라도…… 혼은 네 곁을 떠나지 않을 테니…… 반드시 변심…… 하, 하지 마라, 시즈."

"그런 말 하지 말아요. 함께…… 데리고…… 가 ……주세요."

"함께 가고말고!"

"자아, 그럼 이 세상과의 …… 작별로 한잔 마시는 거다. 이제 울지 마라, 시즈."

"우, 울지 않아요."

남자가 먼저 일어서서 여자의 손을 잡자 여자는 그 손에 매달려 울면서 화로 곁으로 자리를 옮겼지만 역시 떨어지기 어려운 듯 바싹 붙어 있었다.

"작은 사기 잔 말고 이 찻잔으로 하자."

"그래요. 그럼 절반씩."

뜨겁게 데워진 술은 독한 술냄새를 풍겼다. 시즈는 떨리는 손으로 사야마의 떨리는 찻잔에 술을 따랐다.

여자가 가정 슬펐던 것은 그 순간 머릿속을 스치는 어떤 생각 때문이었다. 그녀는 손님을 위해서 술을 따르는데 익숙했지만 어찌하여 오늘밤의 사랑도 목숨도 덧없는 꿈처럼 물거품같이 이렇게 작별의 잔을 들어야 하단 말인. 생각지도 못한 자신의 신세가 유행가의 노랫말 같아 한탄과 함께 서글픔이 하염없이 가슴에 밀려들어 뭐라 형용할 수 없었다.

남자는 술이 너무 뜨거워서 입을 대지 못하고 잠시 손에 든 채로 물끄러미 잔을 바라보았다. 비록 지금 괴롭고 고통스럽지만 오래 살아 정든 이 세상을 떠날 생각을 하니 마지막으로 한잔의 술을 대하는 것 역시 이별의 고통을 뼈저리게 느끼게 했다.

돌이켜보면 그들이 처음 만났던 밤, 서로 사랑을 안고 마셨던 것도 이 술이 아니었던가. 두 사람의 그림자와 함께 정이 짙으면 반드시 향기와 맛이 좋았던 것도 이 술이었다. 사랑하는 동안의 즐거움과 더불어 3년간의 시름을 풀어준 것도 이 술이었다. 그는 술을 들고서 좋은 일이 많았던 뒤에 이렇게 가장 불행한 밤이 끝내 찾아든 것이 너무나 쓰라리고 슬퍼서, 말로는 하지 않았지만 구슬 같은 눈물을 뚝뚝 흘렸다.

"네가 따르는 술을 마시는 것도…… 이 잔이 마지막이다."

"사야마 씨, 저는 결국 단 하루도…… 당신과 하나가 되지 못하고 기생 따위의 신세로 죽어가는 것이…… 분해서, 저는!"

남자는 그 말을 듣기가 너무나 괴로워서 단숨에 술을 반이나 들이켰다.

"자, 시즈."

여자는 아무렇지도 않은 척 술잔을 받았지만 이것이 마지막 작별의 술잔인가 하고 생각하자 손에 받으면서도 가슴이 미어질 듯했다.

"사야마 씨, 새삼스럽게 고맙다고 인사를 하는 것도 이상하지만, 당신은 오랜 세월 이런 못나고 천한 여자에게 그토록 다정하고 친절하게 대해주었지요. 저는 이제까지 입밖에 내지는 않았지만, 마음속으로는 기쁨을 훨씬 넘어서서 참으로 고맙게 생각하고 있어요. 그 보답을 하려 해도, 아시다시피 그렇게 생각만 할 뿐 엄마 때문에 어떻게 할 방법이 없어서 참으로 부끄러울 정도로 보답을 하지 못했어요. 그래서 너무나 미안한 마음에 가정을 꾸리게 되면 한꺼번에 이 은혜를 갚으려는 생각을 하며 알편단심 그것만을 즐거움으로 삼고 여지껏 말할 수 없는 고생을 참아 왔는데 이제 이렇게 되고 보니 만사가 물⋯⋯물⋯⋯ 물⋯⋯ 거품이 되어버렸군요. 그만 당신의 사랑과 정에만 매달려 진심으로 감사하다는 말도 한 적이 없지만 사야마 씨, 제 마음은 사실 그랬어요. 하지만 이것으로 끝이 났군요. 당신도⋯⋯ 저도⋯⋯ 흙이 되어버리면 두 번 다시 서로 만지지 못할 테니 하다못해 지금이라도 새삼 감사의 말씀 드립니다.“

남자는 끝내 참지 못하고 눈물을 흘렸다.

“이제 더 이상, 그, 그런 말⋯⋯ 하지⋯⋯ 말아요! 황천길을 가는데 방해가 되니까, 둘이서 함께 죽을 수 있다면 그것으로 부족함이 없다고 생각하고 다른 일 같은 건 생각지도 말고, 시즈, 같이 죽자.”

“저는 기뻐하고 있어요. 기뻐하고 있지요. 어떻게 기쁘지 않겠어요. 이 술도 그것을 축하하는 의미로 마시겠어요.”

그녀는 눈물과 함께 들이키고 나서 말했다.

“여보, 한잔 따라주세요.”

남자가 따라준 술을 재차 마신 뒤에 남자에게 내밀자 남자도 그 잔을 받아 마셨다. 그러다가 서로 얼굴을 맞대며 껴안고, 이별의 아쉬움을 어찌 할 바 모르는 서로의 마음은 오직 그대로 숨을 거두었으면 하는 바람뿐이었다.

남자는 품에 안긴 시즈의 귀가 마침 입술에 닿자 정신이 가물가물

한 상태에서 말했다.

"시즈, 각오는 되어 있지?"

"좋아요, 사야마 씨."

"그럼……"

"그래요. 빨리."

사야마는 곧 베개 맡에 두었던 보자기 속의 지갑을 꺼냈다. 그 안에 들어있는 한 포의 가루약이야말로 두 사람의 목숨을 끊는 칼날을 대신하는 것이었다.

여자가 두 개의 찻잔을 내놓자, 남자는 옥처럼 새하얀 분말을 찻잔에 나누어 넣었다.

"어서, 술을 마셔. 네 잔에는 내가 따를 테니, 내 잔에는 네가."

"네, 좋아요."

이때 비가 겨우 그치고, 처마의 빗방울이 간신히 떨어졌다. 그런가 하면 괴이한 새 울음 소리가 두세번 나더니 소나무를 스치는 바람 소리가 세차게 들렸다.

사야마가 곧 술병을 들고 찻잔 하나에 술을 따르자, 시즈는 눈을 감고 합장을 하더니 들리지 않을 정도의 낮은 소리로,

"나무아미타불, 나무아미타불, 나무…… 아미타…… 나무아미……타……불, 나무……"

두 사람의 생명이 사라지려고 하는 순간, 갑자기 온 방이 흔들리고 수많은 번개가 한꺼번에 떨어지는 듯한 소리가 났다. 남자는 넘어지고 여자는 비명을 지르며 정신없어하는 사이에 등불 앞에 사람의 그

림자가 서 있었다.

"당신들은 어째서 이런 짓을! 안됩니다!"

남자는 겨우 정신을 차리고 겁이 나서 놀란 눈을 크게 떴다.

"아니! 당신은."

"본 적이 있을 것이오. 저 방에 묵고 있는 손님이오. 함부로 방에 들어와서 정말 미안하지만 참으로 위태로운 순간이라서! 당신들 도대체 어찌 된 거요?"

맥없이 얼굴을 들지 못하는 남자, 그 뒤에 몸을 반쯤 감추고 있는 여자, 간이치는 두 사람의 모습을 번갈아보면서 그의 대답을 기다렸다.

"물론 여기에 말 못할 사정이 있겠지요. 그러니 복잡한 얘기는 할 필요 없이 단지 왜 당신들은 살아 있을 수 없는지, 그 얘기만을 들려주시오."

"……."

"두 사람이 함께 살 수 없기 때문인가요?"

남자는 가볍게 고개를 끄덕였다.

"그렇습니까? 그러면 함께 살 수 없는 것은 무엇 때문이죠?"

그는 또 말이 없었다.

"그 이유를 알고서 내가 힘이 될 수 있는 일이라면 모쪼록 서로 의논해볼까 하는 생각이 들기 때문입니다. 그러나 이야기를 듣고서 도저히 내가 힘이 될 수 없고 죽는 것 외에는 길이 없다고 생각할 만한 사정이라면 나도 말리지 않을 거요. 여기서 깨끗이 죽는 것을 지켜보고 오히려 자살을 도와주겠소. 나도 여기에 뛰어든 이상, 헛되게 물러 갈 수는 없소. 당신들을 구해낼 수 있는가 없는가 하는 것 중 하나지요. 다행히 구할 수 있다면 나는 생명의 은인이 되고 구할 수 없다면 당신들은 이 세상에는 없는 사람들이 되는 거요. 이 세상에서 없어질 사람이라면, 여기서 어떤 비밀을 고백한다 할지라도 조금도 지장이 없으리라 생각하오. 만약 생명의 은인이라면 말입니다. 더욱이 그런 사람에게 애써 감출 필요는 없잖소. 나는 장난삼아 당신들의 얘기를 들으려 하는 것이 아니오. 알겠습니까? 분명히 들을 만한 각오를 하고 듣는 것이오. 자, 어서 얘기해보시오!"

제5장

간이치는 마음을 엄숙히 가다듬고 다그쳤다. 이렇게 되니 남자도 하는 수 없이 소리를 낼 힘도 없는 입을 열었다.

"네, 친절하게도…… 감사합니다……"

"어서 얘기해주시오."

"네."

"이제 와서 감출 필요도 없다고 생각하오. 그만 미리 말하지 않았지만 나는 도쿄 고지마치(麴町)에 사는, 하자마 간이치라고 하는 변호사요. 이런 경우에 서로 만나게 된 것도 보통 인연은 아닐테니 절대 당신들에게 이득이 되지 않는 일은 하지 않을 거요. 나도 가능한, 어떻게 해서든 두 분을 구해서 내 생애의 공적으로 삼고 싶소. 내가 이렇게까지 말하고 있지 않소."

"네, 여러 모로 친절하게 대해주셔서 감사합니다."

"그럼 말해주겠소?"

"네, 말씀드리지요."

"고맙소."

간이치는 비로소 마음이 놓여서 자리에 앉자, 겁에 질린 사야마는 먼저 그 모습을 훔쳐보고 말했다.

"무엇부터 말씀드려야 좋을지……"

"아니, 그 뭡니까, 당신들이 함께 살 수 없어서 죽는다고 하는! 왜 같이 살 수 없다는 거요?"

"네, 사실 이렇게 창피한 얘길 하지 않으면 모르실 것입니다만, 저는 주인 돈을 많이 써버렸습니다."

"그래, 주인이라뇨?"

"그렇습니다. 저는 미나미덴마초(南伝馬町)에 있는 고비시(幸菱)라고 하는 종이 도매상의 지배인을 하고 있었으며 사야마 모토스케(狹山元輔)라고 합니다. 또 이 사람은 신바시(新橋)에서 일했던 가시와야(柏屋)라는 가게의 아이코(愛子)라고 합니다."

이름이 밝혀진 여인은 남자에게 가려진 어둠 속에서 뭉그적거리며 나오더니 부끄러워하면서 가볍게 인사했다.

"허어, 그랬군요."

"그런데 최근에 이 사람에게 기적에서 몸을 빼내주겠다는 손님이 생겨서."

"아아, 빚을 갚고 몸을 산다는? 그랬었군요."

"그러니 아무리 버티어도 그 사람한테 가야만 하는 딱한 처지, 또 저는 주인 돈을 갚지 못해 고소를 당해 살아 있으면 법적으로 죄인이 될 몸이라 어찌할 도리가 없어서 무분별하기 짝이 없다고 생각하면서도 그만 다급해져서, 정말 부끄럽습니다."

그들은 그 무분별을 부끄러워하기보다는 죽으려다가 죽지 못한 이 볼꼴 사나움을 천지에 내놓을 수도 없어서 엎드리지도 쳐다 보지도 못하고 목덜미를 움츠리고는 생기 없는 눈을 감았다.

"그랬군요. 그럼 돈만 있으면 어떻게 되는 것 아닙니까! 당신이 몰래 썼다는 그 돈을 변상하라고 주인에게 사과만 잘 하면 물론 조용히 해결되는 일입니다. 부인 쪽은 상대방이 몸값을 치르고 데려간다면 이쪽에서 그 돈을 치르면 되는 일. 그런데 당신이 쓴 돈은 얼마나 됩니까?"

"삼천엔. 정도입니다."

"삼천엔. 그리고 몸값은?"

사야마는 여자를 돌아보더니 낮은 소리로 두세 마디 주고 받고 나서 말했다.

"이것저것 해서 팔백엔 정도가 필요합니다만."

"삼천팔백엔, 그것만 있다면 당신들은 죽지 않아도 되는 거죠?"

계산해 보면 참으로 그들의 목숨이야말로 하나 앞에 천구백엔에 지나지 않았다.

"그럼 죽는다는 것은 너무 허무한 일이오! 삼천 엔 사천 엔 정도의 돈이라면, 어디를 가나 흔해빠졌다고 나는 생각해요. 그렇다면 내가 어떻게든 도와줄테니 우선 당신들의 신상에 대해 자세히 얘기해주지 않겠소?"

이런 경우에는 얼마나 반가운 말이겠는가? 사야마는 그 말의 사실 여부를 생각할 겨를도 없이, 해결할 길 없는 자신들의 걱정 근심을 가능한 한 모조리 털어놓으려 했다. 그는 비에 무겁게 젖은 버드나무가 간신히 바람에 흔들리듯 용기를 내서 말했다.

"네, 전혀 모르는 저희들에게 이렇게까지, 특히 치정 때문에 이렇게 뒷처리도 못하고 못된 짓을 저질렀는데, 뭐라 말씀드릴 수도 없는 하찮은 저희들에게 이토록 친절을 베풀어주시다니 너무나 부끄러워 참으로 면목이 없습니다. 저희들을 생각해서 하신 말씀이니 그 고마움을 달게 받아 대략 말씀드리겠으나, 하나부터 열까지가 모두 창피한 얘기라서 남들 앞에서는 도무지 말씀드릴 수도 없는 일들입니다. 사실인 즉, 방금 말씀드렸던 삼천엔은 결국 유흥비 문제로 상점 돈에 손을 대었는데, 처음에는 어떻게든 융통도 할 수 있었기 때문에 그것이 나쁜 버릇이 되어 점점 무리를 하게 되어 시간이 흐르다보니 저도 모르게 큰 구멍을 낸 것이 쌓이고 쌓여 걷잡을 수 없는 문제가 되었던 겁니다. 그러다보니 더 이상 변통할 방법이 없어 결국 주인이 그 사실을 알게 될 것 같아서 다급한 마음에 물건에 손을 댄 것이 문제의 원인이 되어, 슬쩍 빼내면 그만큼 구멍이 커지기 때문에 더욱더 어찌할 도리가 없었던 겁니다. 이번에는 어떨까, 이번만은 어떨까 하는 생각으로 필사적으로 몸부림치며 무리를 거듭해서 계속할 수 있는 한 애써보았지만 결국 모두 날린 셈이 됐습니다. 삼천엔이라고 말씀드린 탕진한 돈도 그 절반 이상은 그 구멍을 메우는 데 썼던 것입니다, 그러나 이것까지는 주인도 이제까지 착실히 일했던 점을 생각해서 그래도 용서 해주었던 것입니다. 실제로 그 일이 발각되어 주인 앞에 불려갔을 때도 이번 일은 용서 할수 없는 일이긴 하지만 특별히 용서해주겠다고 말했기 때문에."

"그랬군요!"

"그렇게 말한 데는 또 사정이 있습니다. 그것은 주인 부인의 질녀가 되는 아가씨를 주인이 맡고 있었는데 그 여자를 저와 짝지어 주려고, 그전부터 얘기가 있었습니다만 저는 도무지 마음이 없어서 어쨌든 차일피일 미루고 있었습니다. 이제 결정을 내리라고 재촉하며 결국 탕진한 돈은 용서해줄테니 그 질녀를 아내로 삼으라고 하더군요."

"참으로."

"거기엔 여러 가지 사정이 있어서, 저로서도 사실상 거절할 수 없는 의리 때문에 그럴 수 없다고 제 입장만을 내세워서는 도저히 그대로 넘어가지 못할 사연들이 있습니다."

"아아, 그렇습니까?"

"게다가 이번처럼 또 일을 저질렀던 것입니다. 그마저 너그럽게 봐주겠다고 하며 마치 원수를 은혜로 갚아주는 고맙기 이를 데 없는 주인의 처사. 그것을 배반한다면 저는 벌을 받게 됩니다. 그렇게 생각하면서도 역시 도무지 마음이 내키지 않아서 부득이 그 혼담을 거절했던 것입니다."

"음, 그랬군요."

"그것 때문에 주인은 굉장히 화가 나서 그렇게 제멋대로 할거면 횡령한 돈을 변상하라, 그러지 않으면 고소하겠다, 그러면 넌 한평생 지을 수 없는 상처를 입게 되니 다시 잘 생각해서 자기 말에 따르도록 중간에 사람까지 넣어서 말했는데도 저는 끝까지 고집을 부리며 이를 뿌리쳤던 것입니다."

"아아, 그 점은 당신이 나쁘군."

"네, 제가 잘한 건 하나도 없습니다. 그 점에 대해서는 주인 앞으로 편지를 써서 남겨 놓았습니다만, 이미 각오를 했고 지금까지 마음에 걸리는 것은 오직 그것밖에 없었습니다. 그리고 그 와중에 이 사람의 낙적 소동이 일어났기 때문에."

"저런!"

"이 사람의 어머니란 사람은 계모로, 저도 얘기를 들어 잘 알고 있습니다만 참으로 지독한 욕심쟁이입니다. 자세히 말씀드리긴 어렵습니다만 자기 딸이라고 하는 것은 이름뿐이며, 미리 햇수를 정하고 하는 고용살이 취급을 하고 해줘야 하는 일은 하지 않는 것이 득이고, 벌어들일 만큼 벌지 않으면 손해라는 생각을 하면서 오랫동안 무리한 일만 시키며 착취할 대로 착취했던 것입니다. 그리고 저와의 관계를 알고는 있었지만, 최근에 제 경제 사정이 점점 어렵게 되자 그저 시끄럽게 떠들어대고 날마다 관계를 끊어라 끊어버려라 하고 계속 괴롭히고 있던 차에 낙적시켜주겠다는 손님이 달라붙은 것입니다.

바로 작년 정월경부터 찾아오기 시작한 손님으로 시타야(下谷)에 도미야마 은행이란 데가 있는데 그 은행의 이사며."

"옛? 뭐……뭐……뭐라구요!"

"알고 계십니까, 그 도미야마 다다쓰구라고 하는……"

"도미야마? 다다쓰구!"

그 안색, 그 음성! 그는 일언지하에 격노하여 그 이름에 덤벼들 것 같은 기세를 보였기 때문에, 아이코는 놀라고 사야마는 두려워하면서 영문도 모르고 당황했다. 간이치는 뛰는 가슴을 가다듬으면서도 역시 타는 듯한 눈길을 두 사람에게 쏟으며 말했다.

"그 도미야마 다다쓰구가 낙적을 제의한 손님이오?"

"네, 그렇습니다만, 잘 아시는 분인가요?"

"알아요! 잘…… 알지요!"

어찌할 바를 모르는 사야마 곁에서 여자는 살그머니 놀라서 소리를 냈다.

"그놈이 낙적을?"

물음을 받은 아이코는 가볍게 고개를 끄떡였다.

"네, 그렇습니다."

"그런데 당신은 그에게 끌려가기가 싫었던 거군요."

"네."

"그렇다면 작년 초부터 당신은 그놈의 도움을 받고 있었나요?"

"저는 그따위 인간의 도움을 받지 않습니다!"

"허? 그래요? 도움을 받지 않았다구요?"

"네, 선생님. 언제나 술자리에만 불렀을 뿐입니다."

"아, 그랬습니까? 그렇다면 다른 시중을 들지는 않았다는 뜻인가요?"

여자는 듣기에도 추잡스럽다는 표정으로 말로는 다할수 없는 멸시하는 눈으로 말했다.

"저로서는 그런 일은 할 수 없었기 때문에 이제까지 한번도 손님을 받아본 적이 없습니다."

"아, 그렇습니까! 음, 과연…… 과연…… 알았습니다, 잘 알았습니다."

사야마는 고개를 떨구고 있었다.

"그렇다면 이렇게 말할 수 있겠군요. 당신은 안에서만 일하고 바깥 손님은 받지 않고 이 분만 지키면서─ 그런 거군요."

"그렇습니다."

"그리고 다른 손님이 기적에서 몸을 빼준다는 것을 거절하고─ 도미야마 다다쓰구를 뿌리쳤다는 말이지요? 그렇지요?"

"네."

그러자 간이치는 아이코의 얼굴을 응시하고 있었으나 곧 그 눈에는 감격의 눈물이 글썽거렸다.

"아아…… 감탄했습니다! 참으로 훌륭한 분입니다! 당신은 목숨을 버리면서까지도…… 이 사람과…… 함께 살고 싶은가요!"

무슨 까닭인지도 모르고 복받쳐 우는 그의 모습에 두 사람은 어이가 없을 뿐이었다.

간이치는 왜 울었는가? 그는 매춘을 하는 여성조차 죽기보다 지키기 어려운 절개를 지키고, 끝까지 지키기 힘든 의리를 지켜서 결국 사랑을 빼앗기지 않으려고 했다는 사실에 울었던 것이다.

그가 통곡하는 까닭은 그는 이 세상에 이토록 깨끗하고 숭고하고 아름다우며, 또한 완벽할 만큼 위대한 것의 존재를 믿지 않으려 했기 때문에, 한 번쯤은 그런 것을 목격하고서 손발이 묶인 채 거꾸로 매달려 있는 듯한 혹독한 고통을 벗어나려는 열망에 사로잡혀 있었는데, 지금 오히려 물장사를 하는 부평초와 같은 하찮은 여자로서, 더욱이 매춘하는 모욕적인 생활 속에서도 아름다운 빛을 지니고 있는 아이코의 마음에 깃들여 있는 사랑의 진실에 갑작스레 너무나 감동했기 때문이다.

"물론 그래야 하는 일! 그것이 바로 여자의 도리라는 것이며 마땅히 그래야 합니다. 그것은 너무나도 지당한 일입니다. 나는 오늘날처럼 경박하기 그지없는 이 세상에는 결코 그런 마음가짐을 지닌 사람이 있을 수 없다고 생각하고 있었소. 그래서 만약 있다면 얼마나 기쁠까 하고 생각했지요. 나는 너무나 기쁩니다! 오늘밤처럼 감동해본 적이 없습니다. 나는 이렇게 울고 있소---눈물이 앞을 가릴 정도로 기쁩니다. 남의 일 같지가 않아요. 남의 일로 생각할 수 없는 사연이 있어서 이토록 감동한 것이오."

이렇게 말하고서 간이치는 코를 닦았다.

"음, 그래서 도미야마는 어떻게 했습니까?"

"올 때마다 이러니 저러니하고 좋은 말로 거절했지만 아주 귀찮게 굴고, 한동안은 매일 자기 술자리에 독점해서 불렀기 때문에 정말 지긋지긋했어요. 게다가 그 사람은 어찌나 잘난 체를 하는지 자기 혼자만 똑똑하고 세련된 것처럼 으스대고, 입만 열면 그저 돈, 돈 하면서 돈 이야기만 하면 누구나 좋아할 걸로 생각하는지 내 마음 하나에 따라 천엔을 낸다거나 여기에 만 엔을 쌓아놓으면 어찌하겠느냐는 둥 늘 그런 이야기만 늘어놓기 때문에 모두가 위광님(御威光)이란 별명을 짓고, 어디 가나 미움을 받는 꼴이란 이루 말로 다하지 못할 지경입니다."

"아, 그래요?"

"그런 꼴이기 때문에 좋은 말로 거절하는 정도로는 전혀 알아듣지 못하고, 그렇게 할 수 없다는데도 여전히 끈질기게 이러니저러니하고 말했지만 저도 고집이 세서 뜻대로 되지 않자 막판에는 방법을 바꾸어서 계모와 직접 교섭해서 은밀히 말은 되어 있었던 겁니다. 아무래도 그런 형편이어서, 계모는 아주 미친 사람처럼 되어 저를 야단치기 일쑤였고 사소한 일에도 잔소리를 했고, 그리고 사야마와의 관계를 끊어라, 끊어라 하고 야단법석을 떨었기 때문에 저는 너무나 괴로워서 정말이지 이런 작부 생활은 해서는 안되겠다고 생각했습니다. 아무것도 모른 채 그저 재미있게 살려던 꿈도 완전히 깨지고, 생각하면 생각할수록 신세가 하찮아져서 이제 어찌하면 좋을까 하고 몹시 우울해 있는데, 이번에는 낙적 문제가 일어났던 것입니다."

"음, 낙적— 하지만 당신과 어떤 특별한 일도 없었는데 곧바로 낙적 문제가 제기되었나요?"

"그렇습니다."

"이상한 놈이군! 그렇지만 그런 경우도 있습니까?"

"아마도 없을 것입니다."

"그렇겠죠. 그래서 낙적시켜서 딴 곳에서 첩으로 두기라도 한다는 건가요?"

"네, 어제까지 여러 가지 방법으로 설득해도 제가 듣지 않자, 언제까지나 마음 편히 지내도록 해주면 더 이상 할말은 없을 것이라고 하며 낙적시켜주겠다는 거였어요. 뭐라더라, 지금의 아내는 어떠하니 이렇게 한다든지 저렇게 한다든지 하면서 여자를 기쁘게 하는 말을 늘어놓기도 했습니다만."

눈썹을 치켜올린 간이치, 어찌 그가 충격을 받지 않겠는가.

"아내에 대해서는 또 한 말이 있겠지요?"

"무슨 말인지 모르겠지만, 그의 말에 따르면 그 아내는 항상 누워 있는 것이나 다름없는 환자이고 아이도 없고 쓸모도 없어서 있으나 없으나 마찬가지기 때문에 곧 은거라도 시키고 저를 집안으로 들어앉혀 주겠다는, 그런 식의 얘기였습니다."

"그런데 그것은 사실인가요?아내를 은거시키겠다는 말이."

"너무나도 아무렇게나 지껄이는 사람이기 때문에 도저히 믿을 수가 없지만, 아내가 병들어 있는 것이나 이래저래서 가정 생활이 조금도 재미가 없다는 것은 아마도 틀림없는 것 같았습니다."

"허어."

그는 갑자기 무엇을 생각했는지 꿈꾸는 듯한 눈으로 말했다.

"부부 사이가 나쁜가요!……병이 들었나요!……은거시키겠다는건가요!……아, 그렇습니까!"

미야의 후회, 미야의 한탄, 미야의 슬픔, 미야의 고통, 미야의 수심, 미야의 마음의 병, 미야의 불행, 아, 결국 이것이 미야 일생의 참상인가! 그는 이제 가련함을 참고 견디는 미야의 불행한 모습을 상상하고 있었다.

간이치는 살아 있는 미야보다도 죽음을 택하려는 이 여자가 얼마나 행복하고 어리석지 않은지를 생각하고, 또 자기가 예전에 사랑했던 사람을 구하지 못하고 이제 오히려 알지도 못하는 남에게 은혜를 베풀어야 할 자신의 처지가 얼마나 불행하고 또 어리석은지를 생각하며 말없이 슬퍼했다.

그러다 아이코가 말을 이어 가자 간이치는 다시금 귀를 기울였다.

"그런 소동이 한참일 때 사야마 씨의 일이 터져서 제 일은 어찌 됐든 삼천 엔이란 돈이 없어 고소를 당해서 징역을 살아야 한다고 하니, 저는 깜짝 놀라서 어찌할 바를 모르고 그 즉시 함께 죽는 수밖에 없다고 생각했습니다. 하지만 다시 생각하니 발등에 떨어진 큰 일로 딴 일에는 전혀 마음을 쓸 수 없으므로 차라리 도미야마에게 사정 얘기를 해서 어떻게 해서든지 그만한 돈을 빌려볼까 하고 생각하며 사야마 씨에게 말했더니, 난 괜찮지만 네 생각으로는 도미야마한테 가는 것이 좋은가 죽는 것이 좋은가 하고 말하는 것이 아니겠습니까."

"허어, 거참."

"그런 놈의 노리개감이 되는 것은 둘째치고 사야마 씨와의 인연을 끊게 된다면 차라리 죽는 게 낫다는 말을 늘 했기 때문에 그런 놈에게 몸을 맡긴다는 것은 너무나도 끔찍했습니다."

"허허, 그렇죠."

"하지만 돈 때문에 두 사람이 지금 죽는다는 것도 너무나 억울한 일이니, 삼천엔을 틀림없이 받을 수 있을지 어떨지는 모르지만 만약 받는다고 하면 그까짓거 저야 그놈한테 갔다가 곧 도망쳐 와버리면 우리의 사이가 끊어지는 것도 아니니 잠시 동안 기분 나쁜 꿈을 꾸었다고 생각한다면, 그래도 죽는 것보다는 낫지 않겠느냐고 말하니 사야마 씨는 그것은 사기다……"

"그것은 사기다! 그렇고말고."

마침 자기 이름이 나오자 남자가 이제부터 대신 말을 했다.

"사기고말고요! 정부(情婦)가 되는 것을 미끼로 사기를 하는 것보다는 횡령하는 편이 훨씬 죄가 가볍습니다. 저는 그렇게 나쁜 짓을 하면서까지 살고 싶은 생각은 추호도 없습니다. 또 아이코가 그토록 거절해 온 손님에게 이제 와서 돈 때문에 몸을 맡긴다는 것은 어쨌든 제가 너무 무력한 탓이니 어찌 인간의 탈을 쓰고서 그런 짓을 하겠습니까? 저는 돈이 궁해서 자살했다고 비웃음을 받는 편이 낫지 여자가 몸을 판 덕에 뻔뻔히 살아남았다고 평생 남들의 비난을 사는 것은 질색입니다. 그런 생각을 해낼 정도라면 두 사람의 목숨을 살리는 방법은 그것이 아니더라도 얼마든지 있습니다. 여기서 살아 있겠다고 한다면 어차피 이 이상의 나쁜 짓을 저질러야만 하기 때문에 죽는 수밖에는 도리가 없다! 난 죽을 각오가 섰는데 네 생각은 어떠냐고 사실은 제가 말했던 것입니다만."

"그랬군요. 그래서 당신이?"

"저는 새삼스럽게 도미야마 따위에게 어떻게 해달라는 것도 결국 저 때문에 그렇게 된 사야마 씨를 여하튼 살려야겠다는 일념 때문이었는데, 그분이 죽는다고 하는데 저 혼자 남아 뭐하겠어요. 당신이 죽는다면, 나도 죽는다─그러면 함께라고 약속하고 이곳에 온 것입니다."

"네, 잘 알았습니다!:

바로 이것이야말로 마치 의연한 일념에서 우러나오는 격정적이고도 진심에 찬 미야의 말을 아다미에서 이별했을 때 듣는 심정이 되어 기쁘고 통쾌한 마음을 금할 수 없었다.

바로 이것이야말로 끝없는 실연의 사막에서 몽롱한 눈앞에 한눈에 보이는 아름다운 신기루가 지극히 맑은 빛을 비추고 풍요롭고도 밝게 떠 있다고 말할 수 있는 것이리라.

그는 이 여인이 미야가 아니라는 것을 잊은 채 지난 칠년간 울분을 오늘밤 이 순간에 비로소 잠시나마 떨쳐버리는 마음의 여유를 얻었다. 참으로 얻기 힘든 이 여유야말로 그가 미야를 잃은 이래 오직 갈망했던 것이 아니었던가!

아아, 아름다운 신기루!

오랫동안 말라붙었던 간이치의 마음은 몹시 감동되었다. 그의 목소리는 약간 떨리기까지 했다.

"이렇게 말씀드리면 실례가 되겠지만, 당신의 그 신분으로 한 남자를 지성껏 지키고, 또한 그가 보잘 것 없이 되어도 저버리지 않고,

한편으로는 낙적시켜주겠다는 손님도 뿌리친 채 바야흐로 꽃처럼 피어날 몸을 남자를 위해서 조금도 아낌없이 쾌히 죽으려 하다니 침으로 훌륭한 일이오! 너무나 거룩한 당신의 그 마음가짐에 감격해서 나는 ……눈물이……났습니다. 부디 일생 동안 그 마음가짐을 잊지 마십시오! 그것은 당신의 보물입니다. 또 사야마 씨를 위해서라면 언제든지 죽어주십시오. 언제라도 죽는다는 각오를 언제 어디서든 꼭 간직해주십시오. 아시겠죠? 천만인 중에서 단 한 사람을 골라서 이 사람이라고 생각한 이상, 그 사람을 위해서 목숨을 버릴 정도의 각오가 없어서도 안됩니다. 그 각오가 없다면 차라리 처음부터 생각지도 말아야 하며, 일단 마음 먹었으면 뼈가 사리가 되는 한이 있어도 그 첫 뜻을 바꾸지 않는다는 마음가짐이 아니면 그것은 성애도 사랑도 아무것도 아닙니다! 그런데 만약 좋아한다, 반했다고 하는 것은 말뿐이고 사실은 변덕이 심하고 정답지 않은 사람이라는 것도 모른 채 일편단심으로 섬기고 있는 사람을 어느새 배신하고 내버려지는 꼴을 당했다면 그 버림받은 사람의 심정은 어떨 거라고 생각합니까?"

그의 목소리는 더욱더 떨렸다.

"그런 사람이 있습니다! 나는 세상에는 그런 사람이 많다고 생각하오. 그런 헛된 사랑을 저지른 사람은 불행한 겁니다. 버린 사람도 버림 받은 사람도 서로 좋은 일은 없습니다. 나는 현재 그런 사람을 지켜보고 있어요! 그렇기 때문에 지금 당신들이 이렇게 함께 죽어도 떨어지지 말자고 합의한 그 만족감은 어느 정도이며, 또 그 행복감은 뭐라 형언할 수 없을 거라고 생각합니다. 더욱이 아이코 씨의 그 아름다운 마음씨, 훌륭한 마음가짐, 부디 그 보물은 일생 동안 몸에 늘 지니고 어떤 일이 있더라도 결코 잃지 않도록 하십시오----알았습니까? 그리고 영원히 오늘밤과 같은 이 마음을 간직하고 화목하게 살아주십시오. 나는 그것을 보고 싶습니다! 지금은 죽을 때가 아닙니다. 죽을 필요조차 없습니다. 삼천 엔 사천 엔 정도라면 내가 어떻게든지 마련해드리지요."

이 말을 듣자 두 사람의 가슴에 치밀어오르는 감동이 물밀 듯이 넘실거렸다.

아직 마시지 않은 독이 갑자기 약으로 변한 불가사의는 기쁘기보다는 놀랍고, 놀랍기보다는 어리둥절하고, 어리둥절하기보다는 의아스러워서 마귀인가 신인가, 사람이라면 어떤 사람인지 그들은 무심코 간이치의 얼굴을 뚫어지게 쳐다보고는 다시 서로의 눈길을 슬그머니 마주쳤다.

사방을 진동시키듯이 새벽을 알리는 닭의 울음소리가 높이 울렸다. 밤새도록 두 사람의 운명의 벽을 뒤덮었던 영원한 어둠의 구름도 걷히는 것이리라. 어슴푸레하게 장지 틈으로 새어 들어오는 새벽 그림자는 오랫동안 방 안으로 스며들고 희미한 등불 밑에 나란히 놓여 있는 찻잔 하나에 작은 나방이 떨어져 떠 있었다.

신속 금색야차

제1장

태어나서 한 번도 신께 가호를 구한 적이 없었습니다만, 이번만큼
은 제 수명을 단축시키는 한이 있더라도 이 서신을 당신이 읽어주시
기를 바라며 병상에서 붓을 들었습니다. 부디 이 일념을 신께서 들어
주시어 이 서신을 당신께서 읽어주시기만 하신다면 저는 당장 죽어
도 아무런 여한이 없습니다. 한없이 원망하고 미워하실 저이지만, 부
디 이것은 제 스스로가 범한 제 지난날을 후회하고 있는 한 여인이
당신을 마음에 담아 드리는 유언으로 생각하셔서 일독해 주신다면,
내세에서도 이는 가장 큰 기쁨일 것입니다.

일전에는, 생이별하여 다시는 뵐 날이 없을 것이라 생각하여 모든
것을 포기하고 있던 차에 참으로 오랜만에 당신의 얼굴을 뵈니, 뛰어

오를듯한 그리움이나 이루 다 말로 형언할 수 없는 슬픔보다 눈물이 앞을 가려, 십년이 넘도록 가슴속에 품어 온 말 한 마디 드리지 못 했습니다. 그때까지는 여인의 몸으로 참기 힘든 마음의 고통도 참아왔고, 많은 각오도 했었는데, 이 모든 것이 한 순간에 무너져, 보람도 없이 정말이지 일생의 한으로 남았습니다. 그때의 기억이라고 남은 것이라곤 제 눈물 사이로 보였던 당신의 모습, 지금도 눈에 선해 다른 사람의 얼굴조차 당신의 얼굴로 보여, 요즘은 나날이 공허한 마음으로 지새고 있습니다.

오랫동안 얼굴을 뵙지 못한 사이, 마치 다른 사람이라도 된 마냥 모든 것이 변하여 저로서는 왠지 슬펐고, 특히 얼굴이 야위고 혈색이 나쁜 것은 무슨 병이라도 앓고 계시는 건 아닌가하여 바라보고 있자니 걱정스러워 부디 몸을 보양하셔서 무엇보다도 건강관리에 유념하시기를 바랍니다. 그것이 너무나 마음에 걸린 나머지, 슬픈 꿈이 계속되어 더욱 걱정이 됩니다.

제가 부끄러움을 부끄러움이라고 알지도 못 하는 여인이라고 경멸하심에도 불구하고, 지난번에 감히 당신을 찾아뵌 마음 한 구석에는, 얼굴을 마주하고도 좀처럼 말로 표현하기가 어려웠는데, 더욱이 서투른 글로는 일부러 아무것도 적지 않으려 하니, 모쪼록 넓은 아량으로 이해해 주시기 바랍니다. 그렇게 생각하면 그때 화를 내셨던 것도 죄 많은 저는 본디 각오한 바였습니다만, 본의가 아니었던 이별에 당신을 향한 마음은 더욱 간절해져서 돌아온 뒤로부터 두통과 함께 가슴이 찢어지는 듯한 고통으로 뜬눈으로 밤을 지새웠습니다. 다음

날부터는 한층 마음이 저려와 무엇을 보아도 눈물만 흐르고, 아무것도 아닌 일에도 가슴이 미어지는지는 것이 그 생각에만 사로잡혀 밤낮없이 몹시 고민하다가, 나흘째가 되던 날에는 일어나지도 못할 정도가 되어 오후부터는 줄곧 자리에 누워, 오늘까지 아무 일도 손에 잡히지 않습니다. 오로지 그리운 당신만을 생각하며 제 자신의 덧없고 무상한 신세를 한탄하고 있자니, 가슴은 더욱더 미어지고 눈은 흉할 정도로 부어올라, 오늘은 어제보다 더 야위었습니다.

이토록 가슴이 답답해지면서 나날이 어둠 속으로 끌려들어가는 듯 점점 마음이 약해지니, 신께 제 진심이 전해져 이렇듯 누워만 있어 여명이 길지 않을 저를 알아주신다면, 부디 지금까지의 추억은 설령 제 목숨이 붙어있는 동안은 어떠한 원망을 받을지라도, 제 목숨이 다 하는 날에는 당신의 무릎 위에서 편안하게 숨을 거두었으면 합니다. 하지만 용서받지 못할 죄 많은 몸이기에 다시금 그립고도 그리운 얼굴도 뵙기 힘들고 또한 과거의 잘못을 용서 받지도 못한 채 이대로 끝나버리고 마는 것인가 하며, 체념하는 것 외에 다른 방법이 없음을 알면서도 도저히 체념할 수 없는 괴로움이란, 이 마음 말고는 알 수도 없고 비교할 바도 못 됩니다. 이것만큼은 제가 미우시더라도 조금이나마 가엽게 여겨주시기를 바라며, 이 서신을 써내려가는 동안에도 눈물은 흘러내려 경솔하게도 종이를 적시고 있습니다. 부디 용서를 바랍니다.

아무리 제 자신이 지은 죄에 대한 죗값이라고는 하나 이렇게까지 모진 고통을 받고, 이렇게나 충분히 참회를 함에도 이제는 단지 죽음을 목전에 둔 저의 애처로움을, 조금이나마 당신에게 알리지 않고서는 너무나도 공허하며 애석하여, 제 평생 처음으로 신께 제 일념을 담아 보내드리는 것입니다.

다시 돌이켜봐도 후회가 남는 아타미에서의 이별, 그리고 언젠가 다즈미 자작 댁에서의 예기치 않았던 만남 뒤의 심경, 그리고는 너무나 변해버린 아라오씨를 만나 여러 이야기를 나누었던 일 등을, 이미 여러 차례 보내드린 서신에서도 알려드렸지만, 한 통도 열어보지 못하셨는지 아무것도 모르고 계신 것 같아 안타까움을 금할 길이 없습니다. 백 번이고 천 번이고 거듭해서라도 반드시 알려드리고 싶은 마음입니다만, 지금도 마음이 혼란스럽기 짝이 없을 터인데, 잠시라도 더 이상 의미 없는 옛 일을 회상하며 견뎌내기 또한 어려운 일이라 여기서는 지금 마음에서 우러나오는 것만을 계속 적어나가겠습니다.

누구한테서라도 전해 듣고 싶은 것이라면, 오랜 세월을 아무 소식 없이 지내셨던 당신께서 지금까지 어떻게 지내 오셨는지, 필시 격정의 세월에 많은 어려움이 있으셨을 것을 생각하면 두려움이 앞섭니다. 그러나 다행히도 무사히 지내셨음이 슬픔에 빠져있는 저에게는 오직 하나의 기쁨입니다.

당신께서 많은 고난을 겪으시는 동안 저는 저대로 남모르는 수심이 계속되어 고생을 하고자 이 세상에 태어난 사람마냥 허송세월을 보내고 있습니다. 제 자신 외에는 모두가 부럽고 아침 참새와 저녁의 까마귀, 정원에 피어있는 풀과 나무마저 각자의 행복을 가지고 있고, 한 줄기 빛조차 허락되지 않는 감옥에 갇힌 죄수에게도 출소의 날을 기다린다는 즐거움은 있을 터인데, 목숨이 붙어 있는 한 이 고난에서 벗어날 수 없는 저의 슬픔은 어찌하면 좋을지 방법을 알려주실 수 있으신지요? 이런 말씀 드리기도 이상할 수 있습니다만, 애당초 제 마음에 들지 않았던 다다쓰구였기에, 부부의 애정이라고는 10년 동안 단 한 번도 없었으며, 오히려 증오 가득한 원수와 같다는 생각이 들어 그 옆에 있는 것조차 꺼림칙하여 삼사년 전부터는 별거와도 다를 바 없는 생활을 하고 있어 더럽혀졌던 제 몸도 이제는 점차 정화되고 있고, 한층 마음의 정조를 지켜나가고 있습니다. 일전에 아라오 씨로부터 꾸지람을 들었는데, 그러한 마음가짐이 처음에는 당신에게 불성실했고 다음으로는 다다쓰구에게 부정했다고 했는데, 처음의 불성실을 이제야 겨우 알게 된 저같이 어리석은 여인이, 어떻게 그 후의 부정을 가려낼 수 있었겠습니까. 어리석은 사람이기에 다른 사람의 감언에 속아 넘어가 돌아가고자 하는 하늘마저 보이지 않는 바다와 산의 끝자락에서 울며 쓰러져 있음에도, 누구 하나 불쌍히 여겨 구하려 들지도 않습니다. 필시 당신도 그 어리석은 자를 아무렇지 않게 생각하시겠죠. 어리석은 자가 저지른 잘못도, 보통의 사람이 저지른 잘못도 그 죄는 같은 것이며, 잘못의 무게 또한 같을 것입니다.

어리석은 주제에 저는 그렇지 않은 양 말씀드리는 것 같아 참으로 부끄러움을 느낍니다만, 도저히 이해하기 힘든 것은 당신의 지금 현재모습입니다. 하늘과 땅이 뒤바뀌는 일이 있더라도 당신만큼은 아니겠지 라며 지금도 의심할 정도로 놀랐습니다. 세상에 많은 돈벌이 중에, 당신처럼 곱디고운 마음씨를 가진 사람에게 어울리지 않는 그러한 길로 들어서게 만들만큼 세상은 당신에게 거칠고도 비정하게 괴롭힌 것은 아닌가요? 다즈미 자작 댁에서 당신 모습을 본 뒤, 처음으로 당신의 소문을 듣고서는 저는 몇 날 며칠을 눈물로 지새웠습니다. 거기에는 반드시 깊은 연유가 있었을 것으로 생각합니다만, 옥과 같은 사람이 되는 것도, 기왓장과 같은 사람이 되는 것도 사람의 일생이라고 한다면, 부디 예전 모습으로 돌아가 제가 그토록 바라고 있듯 많은 이들에게 선망 받는, 출세의 길을 걸으실 수 있기만을 바랍니다. 세간에는 현명치 못한 자가 높은 위치에 앉아 시대를 주름잡는 경우가 적지 않은 것을 보고 있자니, 왜 하필이면 다른 사람보다 뛰어난 자질을 가진 당신이 그런 좋지 못한 직업을 선택하여 자질을 먼지나 쓰레기처럼 내다버리셨는지, 매우 유감스럽게 생각합니다.

어리석은 제가 바른 마음을 가졌었더라면 언제까지나 당신 곁을 지켜, 그런 생각을 하실 때 마다 조언을 해 드릴 수 있었을 텐데, 다시 돌이킬 수 없는 넋두리입니다만, 제 어리석음으로 스스로 제 인생을 그르쳤을 뿐만 아니라 소중한 당신까지도 폐인으로 만들었다고 생각하면 제 죄에 대해서는 무어라 드릴 말씀도 없고 이제와 용서를 바랄 수도 없어, 다만 이 세상에서 사라져 버리고 싶다는 생각만 듭니다. 용서를 바랍니다. 용서를 바랍니다. 부디 너그러이 용서를 바랍니다.

제가 왜 하필 도미야마와 연을 맺었는지, 왜 그런 마음이 들었는지, 그리고 왜 당신의 말을 듣지 않았는지, 이제야 생각하면 깨고 보니 속상한 꿈속에 있는 듯 하고, 오로지 한 순간의 수수께끼라고도 할 수 있어 저 자신도 그 연유를 모르겠습니다. 제 스스로가 두 개의 선택지 중에서 옳은 쪽을 취하지 않고 옳지 않은 쪽을 취해 이런 슬픈 신세가 되어버린 것은 저에게 주어진 운명으로 여기고 체념을 합니다.

그때 당신이 더욱 화를 내며 제 뺨을 때려주셨다면 오히려 지금의 고난은 없었을 것이며, 그것도 아니라면 차라리 당신이 억지로라도 저를 깊은 산속으로 데리고 도망이라도 쳤다면 지금쯤은 얼마나 행복에 젖어 있을까 하며 어리석은 저는 또 어리석은 생각을 합니다.

다행히 당신의 마음이 풀려 제가 용서를 받아 그 옛날의 아타미 해변을 함께 찾아, 그 달을 바라보며 지난날의 애처로웠던 이야기를 나눈다면 그 심경은 어떨까하는 생각만으로도 가슴이 쿵쾅거리고 이 글을 쓰고 있는 손도 부들거립니다. 지금도 그 아타미는 많은 사람들이 찾는 곳이지만, 단 한사람도 그러한 즐거움을 가질 수 없을 것이며, 저처럼 가련한 흔적을 남겨 그날 밤의 일을 지금도 슬퍼하고 있는 사람도 결코 없을 것입니다.

세상도 자기 자신도 버리고 사는 이에게도 절대 버릴 수 없는 중요한 보물이 있습니다. 그것은 당신이 남겨주신 세장의 사진으로, 무엇을 봐도 즐거움이 없는 제 눈에도, 이것만은 계속 보고 있으면 잠시 동안은 괴로움을 잊기도 합니다. 늘 사진을 바라보면 당시의 여러 가지 일들이 떠올라 꿈인가 생시인가하며 십년 전의 마음으로 되돌아가 괴로움도 잠시 동안은 사라집니다. 가장 마음에 드는 사진은 옆모습이 찍힌 반신 사진인데, 그 사진만이 색이 바래가며 점점 희미해지는 것이 무엇보다도 아쉬울 따름입니다만, 얼마 남지 않은 저의 보물로 삼고, 제가 죽은 뒤에는 관에 함께 넣어달라고 어머니께 유언으로 남겨둘 작정입니다.

어떤 여인이 세상에서 비할 바 없는 비단옷을 가지고 있었는데, 여름의 더위가 한창일 때라 당장은 필요가 없을 것으로 생각하여 저도 모르게 그것을 원하는 사람에게 빌려주고는, 돌려달라고 아무리 말을 해도 듣지 않았다고 합니다. 그러는 동안 가을이 지나고 겨울이 와도 변변찮은 옷 한 벌 없게 되자 결국은 여름에 빌려주었던 비단옷이 몇 번이고 자꾸 생각났지만, 지금은 누구 손에 있는지도 몰라 평소 그 생각으로 속상하던 중, 어떤 곳에서 우연히 한 아름다운 여인을 만났는데 자신이 그 비단옷의 주인인줄 모르고 제 앞에서 화려함을 자랑하는 것도 모자라 창피까지 당했다고 합니다. 그러자 그녀는 본인의 잘못이라 단념하며 눈물 흘리며 분통함을 참았습니다만, 그 비단옷의 깊은 사연만큼이나 보란 듯이 뽐내는 저 여인이야 말로 증오스럽기도, 후회스럽기도, 원망스럽기도 하여 그 심정은 이루 말할 수 없었으리라 생각합니다.

지난번에는 당신의 친척과 같다고 말씀하시는 부인을 만났습니다. 매일같이 오셔서 당신을 돌봐준 분이라며, 필시 당신이 많은 폐를 끼쳤을 것으로 생각됩니다만 전혀 그런 내색은 하시지 않으시기에, 무례하게도 제가 몇 번이나 감사하다는 인사를 올렸습니다.

아직 드리고 싶은 말은 가슴속에 한가득 입니다만, 이 가슴속에는 말씀드리고 싶은 것 외에는 아무것도 없기에 글로 아무리 써도 다 말씀 드릴 수 없고, 특히 제 졸필로는 쓸데없는 것만 주저리주저리 늘어

놓아, 정작 중요한 것은 담아 보내지 않은 것은 아닌가 하여 마음에 걸립니다. 안타깝고도 안타까움에도 붓을 놓아야합니다만, 한없이 서신을 계속 써내려가는 것도 불가능하고, 시각은 4시를 가리켜 새벽이 되어 더욱이 램프의 기름도 다 되어 손 밑이 어두워졌기에 그리운 이름만 쓰고 마지막 인사를 드리고자 합니다.

지금 제 마음은 괴로워 도저히 견딜 수가 없으며, 내일은 오늘보다 병세가 악화될 것으로 생각합니다. 모레는 더욱 악화될 것이며, 그렇게 되면 붓조차 쥘 수가 없게 될 것이라 생각되어 죽음을 맞이하기 전에 제 마음속의 용서를 바라고자 막연하지만 뭐라도 쓴 것입니다.

제가 허망하게 이 세상을 뒤로 하더라도, 그것은 결코 질병 때문이 아닌 당신만을 생각하다가 죽어간 것이니 부디 가엾게 여겨주시고, 그 사실에는 추호의 거짓도 없음을 분명히 말씀드립니다.

내일은 당신의 생일이라 기쁨과 슬픔이 교차하며, 가게젠(陰膳, 가족의 무사를 기원하는 풍습의 하나로, 장기간 여행에 나섰거나 다른 환경에 있는 가족이 굶지 않기를 바라면서 차리는 밥상)이라도 차려서 저도 함께 축하해 드리고 싶은 마음뿐입니다. 늘 안녕하시고 부디 아침저녁으로 몸조심하셔서 즐거운 기분으로 내일을 맞이하실 수 있기를 바랍니다. 지금 제가 바라는 것은 오직 그것뿐입니다.

그럼 이만 줄입니다.

5월 25일
생이별로 그립고 그리운 분께
어리석은 여자 올림

제2장

이웃에서 자라는 장미 향기가 바람에 진하게 풍겨와, 다 읽은 장문의 편지 위에 앉으니 종이가 날아가 간이치의 몸에 감겼고, 다시 날아가려 하자 그는 조용히 무릎으로 눌러두고 그 위에 아무렇지 않게 턱을 괴었다. 증오스런 여인의 편지 따위는 보는 것조차 추잡스럽다 생각하여 지금까지는 전부 태워버렸는데, 어찌 된 연유인지 이번에는 그 편지를 열어 전부 읽어보았고, 스스로가 그 이유를 찾고 있는데도 자기 자신도 알 길이 없어 부끄러워졌다.

그는 이윽고 구부리고 있던 몸을 세웠으나, 곧 무게를 이길 수 없다는 듯 머리를 떠받치고는 책상에 기대었다.

짙은 신록으로 우거진 정원의 나무들의 은은한 열기와 인근의 모든 꽃내음이 뒤섞인 초여름의 공기는 아주 완만히 움직이고 있었고, 그 사이를 종횡무진 하는 제비 소리는 쾌활하였으며, 여러번 고쳐 결국에는 쓰러질 것 같은 울타리에 붉게 타오를 듯이 활짝 열린 석류에 내려쬐는 석양을 그는 귀찮다는 듯 눈을 돌려 오동나무의 시원한 잎사귀를 바라보았다.

편지를 보낸 이는 이렇게나 용서를 바라며 목숨을 바쳐 신마저 놀라게 써 내려가지 않았는가. 간이치는 스스로 그 연유를 찾지 못 하고 이것만큼은 봐서는 안 되는 것을 보고 만 것은 아닐까. 그의 몸을 감싸던 편지는 더욱 늘어져서 바위에 파도가 치는 듯 걸려 있었다.

오로지 깊은 생각에만 잠겨 있던 간이치도, 괴로움이 점점 더하여 몸을 움직이자 편지가 어리저리 어지럽혀지는 것을 보고 다소 허둥지둥 대며 왼쪽 어깨에 걸려있던 부분을 반으로 찢었다. 그리고는 한쪽을 끌어당겨보니 길이가 허리띠 정도가 되었다. 적당한 크기로 찢어서 포개고 또 포갠다면 한 권의 책이 될 듯 했다.

이러는 동안에도 그는 혼자 생각에 잠기었고 손도 피곤해졌다. 찢은 편지는 하나하나 읽으려는 듯 뚫어져라 바라보다가도 갈기갈기 찢고 난 후에는 마치 고된 일에 지쳤다는 듯 나약하게 몸을 지탱하면서 목을 축 늘어트렸다.

하지만 갑자기 다시 몸을 일으켜서는 찢은 편지조각을 들고 정원에 있는 그늘로 나가서는, 한 걸음에 한 번 찢고, 두 걸음에 두 번 찢고 수목 사이로 들어가서 찢고, 화단을 돌면서 찢고, 걸음을 멈춰 찢고, 걸으면서 찢고, 찢고 찢어서 너덜너덜해진 것을 다시 비틀어가며 걷고, 걸으면서 비틀었으나, 더 이상 걷는 것도 힘들어져 뒤에 있던 감탕나무에 기대었다.

마침 툇마루 쪽으로 나온 마루마게 형태로 머리를 시원하게 올린 젊은 여인은 기모노 사이로 보이는 새하얀 손의 물방울을 툭툭 털면서 방안과 정원을 들여다보더니 드디어 찾았다는 듯 가볍게 인사와 함께 미소를 지었다.

"선생님, 목욕물이 준비되었습니다."

그 모습이 아름답고 성실한 시즈야 말로 조금이나마 간이치를 위로해 주는 유일한 존재였다.

제2장 2

목욕을 하고 나오니, 간이치가 나오기만을 기다렸다는 듯 유카타를 걸쳐주고, 거울을 준비하는 등 시즈는 소홀함 없이 움직였다. 간이치를 위해서라면 밤낮 가리지 않고 자신이 할 수 있는 모든 일에 정성을 다 한 것이다. 그러나 그녀는 안쪽 다른 방에 자기 생명과도 바꿀 수 있는, 자신이 모셔야 할 사야마가 있다는 것을 잊지 않았다. 그리고 그런 그와 자신의 목숨을 구해준 큰 은혜를 간이치에게 입고 있다는 것도 잊지 않았다. 간이치와 사야마, 주인과 남편 어느 쪽도 소홀히 할 수 없고 동시에 모셔야 하는 이런 바쁜 상황은, 마치 추석과 설날이 한꺼번에 온 것과 같았으나, 그녀는 아직도 꿈에서 깨지 않은 양 어떤 일이 닥쳐도 어렵거나 힘들다고 생각하지 않았다. 정말이지 그녀는 용기와 기쁨, 긍지와 즐거움에 가득 찬 얼굴이었다. 그 때문인지 그녀의 안색은 평소보다 훨씬 빛나고 요염하게 보였다.

목욕 후 툇마루 기둥에 기대어 지친 듯 말없이 몸을 식히고 있는 간이치 곁에서 시즈는 살랑살랑 부채 바람을 보내며 그의 안색을 살피곤 말했다.

"선생님, 안색이 아주 안 좋으세요."

간이치는 이 말에 힘을 얻은 듯 축 쳐진 몸을 일으켜 세웠다.

"그런가?"

"어머나, 그런가라니요. 무슨 일 있으세요?"

"딱히 별일은 없는데 말일세, 왠지 좀 우울하고 멍하군."

"정신 차리시고, 맥주라도 한 잔 하시겠어요? 네? 그렇게 하셔요."

"맥주? 별로 마시고 싶은 마음은 안 드는데……"

"선생님, 그러지 마시고 한 잔 드셔요. 제가 차갑게 식혀 뒀어요."

"그건 사야마 군이 돌아오면 마시려고 차갑게 해 둔거 아닌가?"

"무슨 말씀이셔요?"

"아니, 농담이 아니고 말이야, 그렇지 않나?"

"선생님, 사야마 씨는 말이죠, 맥주나 마실 수 있는 형편이 아니에요."

"그렇게 딱딱하게 굴지 않아도 돼. 이제 우리는 한 가족인데 편하게 지내지 않으면 내가 도리어 불편해 진다네."

시즈는 잠시 눈물을 글썽이더니, 이내 소매로 눈을 훔치고는 말했다.

"이보다 얼마나 더 편하게 있을 수 있겠어요?"

"그래봐야 집에 있는 거니까 괜찮다면 마셔도 됨세. 자네도 마실 수 있지 않나?"

"네, 저도 마실 테니 함께 한 잔 하시죠. 얼음을 가져오고, 귤도 준비하겠습니다. 사과도 있고요."

"자네 한 잔 들지 않겠나?"

"네, 한 잔 받겠습니다."

"아니, 자네 혼자 들게나."

"선생님 앞에서 저 혼자 마시라고요? 선생님은요?"

"나는 괜찮네."

"그럼 보고만 계시겠다고요? 싫어요, 무슨 터무니없는 말씀을 하세요. 뭐 어쨌든 딱 한 잔만 하셔요. 네? 바로 준비할 테니 그대로 잠시 기다리셔요.”

그녀는 가벼운 발걸음으로 나서서는 이내 나이든 여종과 함께 가져온 것을 그의 앞에 보기 좋게 차렸는데, 이는 다른 늙은 여종이 차려주는 보잘 것 없는 식사를 의무적으로 입에 밥을 밀어 넣는 것과는 비교가 되지 않는 터라 식욕이 돋았다. 컵을 손에 쥐자 시즈는 익숙한 손놀림으로 잔이 넘칠 듯 술을 가득 채우고는,

“한 잔 시원하게 들이키셔요.”

간이치가 반 정도를 비우고 잔을 내려놓으니 사과를 깎고 있던 시즈가 재빨리 두 조각을 내었다.

“선생님, 안주 들어보셔요.”

“자, 자네도 한 잔 들지.”

“어머나, 선생님, 안돼요, 안됩니다. 술기운이 조금 얼굴에 올라올 때까지 두세 잔 더 드셔요. 그러면 조금이나마 기분도 좋아지실 거예요.”

“그렇게나 마시면 쓰러질 걸세.”

“쓰러지시면 어때요. 오늘은 정말 안색이 안 좋으시니 그런 안색이 사라져 버리도록 힘내셔서 몇 잔 더 드셔요.”

그는 자기도 모르게 살짝 미소를 지었다.

“약도 그렇게 먹으면 듣지 않을 걸세.”

“괜찮으세요? 어디 몸이 불편하시면 무리해서 드시지 마셔요.”

“몸이야 늘 안 좋으니 이제와 놀랄 것도 아니다만……자, 그럼 한 잔 더 할까?”

“네, 한 잔 더 올리겠습니다. 와아, 정말 멋지세요!”

"멋있으면 안 되는 겐가?"

"아닙니다. 멋지신 건 얼마든지 괜찮습니다만, 너무 그렇게 또 드신다면……아, 죄송해요."

"아냐, 생각해보면 인간이란 참 불가사의하단 말이지. 지금까지 한 번도 본 적 없고 알지도 못 하던, 어떤 인연도 없던 자네가 이렇게 우리 집에 오고, 사야마 군은 정직하고 성실한 데다, 자네는 이리도 살갑게 나를 대해주니 나는 자네들이 남 같다는 생각이 안 들어. 무슨 사정이 있어 이리 되었다 해도, 거기서 자네들을 만나지 못 했더라면 어디 누구인지도 서로 알지 못했을 이들이, 갑자기 한솥밥을 먹게 되어 네가 이러하니, 내가 저러하니……참, 이상한 일이란 말이야. 앞으로도 모쪼록 이렇게 변함없이 지냈으면 하네. 그래도 나는 고리대금업자일세. 세상 사람들이 도깨비나 뱀이라고 부르고, 무엇보다도 사람들에게 배척당하는 고리대금업자란 말일세. 자네들도 나 같은 고리대금업자에게 신세를 지고 있는 것은 별로 보기 좋은 모습도 아니고, 아마 심적으로는 많이 괴로워할 것으로 나는 생각하네. 게다가 사람의 피를 짜내서라도 돈을 받아내는 것이 생업인 고리대금업자가, 사정이야 어찌 되었건 연고도 없는 이에게 그 많은 돈을 대변(代辨) 해주고, 또 집에까지 들여서 함께 살도록 하는 데는 필시 어떤 무서운 속셈이라도 있어서, 그것도 역시 탐욕이나 이득을 바라고 있어 은혜를 베푸는 것이 아닌가 하여 속으로는 두려움도 있을 것이라는 것도 알고 있다네. 자, 잔을 비우고 한 잔 주시게나."

"더 드시겠어요?"

"한 잔 따라주시게."

그의 얼굴에 약간의 술기운이 올랐다.

"자네는 어찌 생각하는가?"

"저희는 본디 죽을 목숨이었는데 선생님께서 저희를 살려주셨으니 저희들의 몸은 선생님의 것과 마찬가지며, 저희를 쓰실 일이 있으시다면 어떤 일이라도 맡겨주세요. 사야마 씨도 그렇게 말했어요."

"고맙고, 면목이 없네. 허나 나는 먼저 삼할을 제한 금액을 삼개월 기한으로 빌려주는 방식으로 폭리를 취하고 있어 무언가 남에게 은혜를 베풀어 그것을 미끼로 돈벌이를 하는 손이 많이 가는 짓을 할 필요가 없다네. 그러니 결단코 그런 걱정은 말게. 그리고 조금의 취흥(醉興)으로 자네들을 들이기로 한 것이 내 판단이었다네. 즉, 자네들의 형편이 나아진다면 그것으로 내 뜻은 전해진 것이니 그 뜻이 전해졌다면 은혜를 돌려받고자 함은 없을 걸세. 이런 얘기가 무정하다고 생각할 수도 있으나 내 직업이 이렇다보니 도깨비가 염불이라도 외는 것처럼 자네들이 수상히 여길지도 모르지……아니, 유감스럽게도 틀림없이 그렇게 생각하고 있을 게야."

그는 깊은 한숨을 내쉬었다.

"그것도 아무짝에 쓸모없는 나무 그늘에 있어서이지!'"

"선생님, 저희들은 꿈에서 조차 절대 그런 생각한 적 없어요. 그런데 선생님께서 이렇게 말씀하시니, 혹여 저희 행동 중에 눈에 거슬리는 부분이라도 있으신가요? 그런 걸 아무것도 모르는 철부지 같은 저희라……"

"아니, 그런 건 아니고……"

"아녜요. 저는 매일같이 듣고 있습니다. 사야마 씨에게도 미안하니 부디 부족한 점이 있다면 말씀해 주셔요."

"아니야, 그런 뜻으로 말한 것은 아닐세. 방금 것은 그저 나의 넋두리에 불과하니 너무 신경 쓰지 말게나."

"여태까지 그런 말씀이 전혀 없으셨던 선생님께서 오늘 이처럼 말씀하시니, 평소 저희가 부족했던 것은 아닐는지……"

"아닐세, 미안하네, 내가 나빴어. 부족하기는커녕 자네들이 진자리며 마른자리며 가리는 것 없이 부모처럼 나를 여겨줌을 나는 정말 기쁘게 생각하고 있네. 언젠가 한 번 말한 것처럼, 내게는 친인척도 친구도 없다고 해도 좋을 정도로 홀로인 몸이라, 몸이 안 좋아도 약 먹으라고 말 해줄 사람도 없고, 만에 하나 무슨일이 있거나 하면 그것은 불안하다네. 그런 내게 울적해 하고 있으니 술이라도 마시라고 억지로라도 권해주는 그 친절은 고목에 꽃이 피는 듯 하는 심경일세. 아니, 거짓말이 아닐세. 자 그럼, 거짓이 아니라는 증거로 한 잔 부을 테니 그리 알고 받아주시게나."

"네, 감사히 받겠습니다."

"아, 이런, 이 병은 벌써 비웠구나."

"없으시다면 거짓일 것입니다."

"아직 여섯 병 이상은 남아 있을 테니 전부 마셔 버림세."

"좋아요!"

간이치가 늙은 여종을 부르자, 시즈는 잽싸게 일어서 갔다.

제2장 3

술자리가 다시 시작되자 화제가 전환되었다.

"그건 말이야, 생각해 보면 한 집안의 가장이나 친구 얼굴마저 짓밟고, 빚을 회수하는데 있어서는 어떠한 경계선도 두지 않는 고리대금업자가, 아무리 기분이 좋아졌다고 해서 타인의 곤경을……그 곤경을 기회로 삼는 것도 아니고……그것을 차마 두고 볼 수만은 없다는 것도 아니지만 말이야, 왜 그런 분수에도 맞지 않는 짓을 했을까라며 수상히 여기는 것도 당연하지. 하지만 말이야, 언젠가 그 연유를 반드시 알게 될 날이 있을 것이며, 또 나란 인간이 어떤 인간인지도 곧 알게 될 걸세. 그걸 알게 된다면 내 재산 전부를 털어서라도 열명, 혹은 스무명쯤은 더 도와주더라도 조금도 수상할 것이 없지. 이리 말하면 왠지 모르게 깨나 위대한 일이라도 하려는 듯 해서 듣기에 어떨지 모르겠지만, 이건 매우 솔직히 이야기 하는 것이니 이상하게 듣지 말아 주시게. 아니, 이거야 원, 왠지 분위기가 처지는 것 같으니 이런 이야기는 그만 두고, 자자, 한 잔 죽 비우시게."

"아녜요, 하시던 말씀 더 들려주셔요."

"안주가 될 법한 이야기라면 좋겠지만 말일세."

"사야마 씨하고는 몇 번이고 나눈 이야기입니다만, 선생님께서 어디 편찮으신 것 같지는 않아 보이는데 늘 이렇게 기력이 없으시고 인상을 찌푸리고 계셔서, 무슨 일이 있으신 건 아닌가 하고 내심 걱정하고 있어요."

"이렇게 자네들이 우리 집으로 와 주었기에 집안도 활기차게 되었고, 나도 예전보다 많이 건강을 찾았다네."

"하지만 그것보다 활력이 없으시다면, 어떡하나요?"

"죽은 것이나 다름없지."

"그게 뭐예요?"

"역시 병이지."

"어떤 병인가요?"

"우울해지는 병이라네."

"어찌하여 그리도 우울해 지시나요?"

간이치는 스스로도 괴로운 듯 조소(嘲笑)를 보였다.

"그러니까, 결국은 병을 앓고 있음이지."

"그러니까, 어떤 병을 앓고 계신 거냐구요!"

"왠지 모르게 우울해지는 병이라네."

"그게 뭔지 알 수가 없네요! 우울해지는 게 병이라고 말씀 하시기에 왜 우울해지시는 거냐고 되물으니 병 때문에 우울해진다고 말씀하시고, 그럼 몇 번이고 여쭈어 보아도 똑같은 대답만 되풀이 되는 거잖아요."

"음, 그렇군."

"음, 그렇군이 뭐예요 선생님. 정신 바짝 차리셔요."

"어이쿠, 슬슬 취기가 올라오는구나."

"어머나, 아직 취하시면 안 되셔요. 누워버리시면 잠드실 터이니 일어나 앉으셔요, 선생님."

시즈가 팔꿈치를 괴고 누워있는 간이치의 뒤로 가서 부축해 일으키자, 그는 기둥에 몸을 의지하고는 그녀를 향해 시선을 던지며 말했다.

"지금을 도미야마 다다쓰구에게 보여주고 싶군!"

"무슨 말씀을! 그런 말씀 마세요. 이름만 들어도 섬뜩해요."

"이름만 들어도 섬뜩하다고? 그래, 그렇겠지. 허나 생각해 보면 그 놈 이름에게 무슨 죄가 있는 것도 아니니 그리 증오할 수도 없는 노릇 아닌가."

"네, 그저 매우 마음에 들지 않을 뿐이죠."

"그렇다면 그게 그거 아닌가?"

"그런 놈 하나 어떻게 되거나 말거나 상관없어요. 첫째, 살아 있다는 것 자체가 잘못 되었다고 말하고 싶을 정도예요. 정말이지, 이 세상에는 꼴도 보기 싫은 사람이 너무 많아요. 선생님이 보시기엔 어떠세요? 인구가 삼천 몇 백만인가 사천만인가 한다고 하잖아요. 그렇다면 좀 더 눈치 빠르고 성품 좋고 즐거운 사람과도 마주칠 법도 한데 전혀 그렇지 못 하니 말이에요."

"그래, 맞아, 맞고말고."

"그리고 도미야마 같은 놈이 우글거려 세상의 질서를 어지럽히게 된 꼴이니 하루라도 세상이 조용할 날이 있을 수 없잖아요. 왜 그런 꼴사납고 마음에 들지도 않는 불쾌한 놈이 태어난 걸까요?"

"도미야마 녀석, 호되게 경을 치는구먼."

"선생님, 이제 그런 놈 이야기 해봐야 우리만 우스워질 테니 그 얘기는 그만 하시죠."

"그렇다면 이런 이야기는 어떤가?"

"네?"

"남자와 여자 중에서 말이지, 대체 어느 쪽이 정분이 깊을까?"

"어머나, 왜 그런 걸 물어보셔요?"

"글쎄, 왜랄까……자네는 어떻게 생각하지?"

"선생님, 그건 여자 쪽이 훨씬 정이……"

"깊다는 말인가?"

"네."

"신용할 수가 없구먼."

"네? 신용하실 수 없다는 증거라도 있으세요?"

"그렇군, 자네라면 틀릴지도 모르겠네만."

"얼마든지 더 있어요!"

"아냐, 세간의 여자들은 그렇지만도 않은 것 같네. 뭐랄까, 여자란 생각이 깊지 않아 마음이 쉬이 변하는 것 같아서 말이야. 거기서부터 마음이 흔들리고 마는 거지. 진실치 못함을 진실하다고 생각하는 오판도 하는 거고 말일세."

"여자가 생각이 짧다는 건 알겠습니다만, 마음이 쉬이 변한다는 것은 진짜 반하지 않았기 때문이라고 생각해요. 눈에 콩깍지가 씌일 정도로 반했다면 마음이 흔들리는 일은 절대 없지 않겠어요? 흔히들 '여자의 한결같은 마음(女の一念)'이란 말도 있는 것처럼, 곰곰이 생각해 보시면 남자보다는 여자 쪽이 훨씬 깊게 빠져버리는 걸요."

"그렇지, 그런 경우도 많지. 그러나 진짜 반하지 않는다는 것은 어떠한가? 여자와 남자, 어느 쪽의 잘못인가?"

"제법 어려워져 버렸네요. 글쎄요, 그것은 남녀 누구든지 잘못하는 경우가 있겠죠. 또 여자의 기질에 의한 것이긴 합니다만 대게의 여자들이 이르기를, 하나는 연령에 따라 다르기도 한다고들 하죠."

"그래? 연령에 따라 다르다는 게 뭔가?"

"저희 술을 접대하는 여자들이 자주 하는 말이, 여자가 반하는 조건으로 3가지가 있는데 하나는 외모에 반하는 것, 그리고 또 하나는 기질에 반하는 것, 마지막으로는 마음속 깊은 곳에서 우러난 진심으로 반하는 것이라고들 하죠. 외모에 반하는 것이란 잠시 만났음에도 반해버리는 것으로 십오륙 세 정도의 어린 나이일 때 흔히들 그러죠. 오로지 얼굴만 잘 생기면 모든 것이 괜찮다는 생각을 가지고 있어, 마치 세상 물정을 전혀 모르는 철부지와 같아요. 그리고 십칠팔세에서 이십세 정도의 나이가 되면 세상 물정도 조금은 알게 되고, 잘난 채도 할 나이가 되어 얼굴이 잘 생겼다거나 옷차림이 멋있다는 것에 크게 흔들리지 않게 된답니다. 기질에 반한다는 것은 태도가 좋다던가, 의기투합 하는 부분이 있다던가 하는 점에 중점을 두는 것입니다. 하지만 아직 마음을 갈팡질팡 하는 나이라 이 사람도 좋지만, 저 사람도 굳이 싫은 건 아니라는 생각을 가지고 있으므로 진심으로 반했다고는 말하기 힘들겠죠. 적어도 스무서넛살은 되어야 진심으로 반할 수 있게 된다고들 하며, 그때부터가 참사랑을 알게 되는 시기라고 하는데 그런 것일지도 몰라요. 이 나이가 되면 어느 정도 자신의 주관적인 판단도 서고, 세상 돌아가는 이치도 알게 된다고들 하니까요. 선생님,

이렇게만 된다면 열에 아홉은 변심할 리가 없어요.

반했다 라던가 좋다고 하더라도 아직 어릴 때는 마음조차도 어른처럼 성숙하지 않기에 그것만큼은 어쩔 도리가 없겠죠. 그렇다고 해서 늙어서도 이러쿵저러쿵 잔소리를 듣게 되는 날에는 남편도 성가신 존재가 되겠지만 말이죠."

시즈는 빙긋 웃고는 잔을 들었다. 간이치는 연신 고개를 끄덕였다.

"정말 흥미진진한 이야기였네. 외모에 반하고, 기질에 반하고, 마음속에서 우러난 진심으로 반한다라. 나이에 따라 달라지기도 한다는 것은 크게 납득이 가는 이야기야. 나이에 따라 달라진다, 정말 맞는 말일세."

"많이 감탄하셨나 봐요."

"그럼, 아주 감탄했다네."

"그렇다면, 분명히 심금을 울린 사연이 있다는 뜻이네요."

"하하하하. 왜 그리 생각했지?"

"선생님께서 감탄하시는 모습을 뵈니 보통의 수준은 넘는 것 같아서요."

"하하하하. 정말 재미있구먼."

"어머나, 그러세요??"

"하하하하. 그렇다라는 것은 어떤 것을 의미하지?"

"뭐, 그냥 그렇다는 말씀이죠."

시즈는 한층 눈을 휘둥그레 뜨고는 눈살을 찌푸려가며 취기가 돌아 새빨개진, 웃음꽃이 핀 간이치의 얼굴에서 무언가를 찾는 냥 물끄러미 바라보았다.

"만약 그렇다면 어떨 것 같나? 하하하하."

"어머나, 이건 확실히 틀림이 없겠군요!"

"하하하하."

"그렇게 웃고 계시기만 하셔도 소용없어요."

"하하하하."

제3장

지난번 서신 이후 애석하기 짝이 없는 목숨을 부지하며 일주일이 지났습니다만, 날에 날을 더해 갈수록 마음은 괴로워질 뿐이고, 아직 이승을 떠나지 못하고 있는 것이 얼마나 미련이 남았기에 하며 생각하실까봐 유감스럽게도 부끄럽기 짝이 없습니다. 날씨는 점점 더위를 더해가니, 늘 여름이면 더위를 타시던 당신 생각에 어떻게 지내시고 계신가 하여 한층 걱정이 앞섭니다.

저는 다른 사람 앞에서는 체면치레를 한답시고 의례적으로 의사에게 진찰도 받고 있습니다만, 애당초 약은 먹지 않고 모두 버리고 있습니다. 당신께서도 알고 계시는 바와 같이 이 병은 결코 서책에 그 병명이 실려 있는 것도 아니고, 의사는 그저 원인을 알 수 없는 정신 신경증인 히스테리의 일종이라고만 하더군요. 이것도 히스테리의 일종이라고 밖에 할 수 없다는 것은 알고 있습니다만, 제 자신에게는 넓고 넓은 이 세상에서 유일무이한 병이라고 생각하는데, 그렇게나 흔한 병명을 붙인다는 것이 그저 원통하고도 또 분할 따름입니다.

낮에는 머리가 무겁고 가슴은 답답하며 늘 몸과 마음이 지쳐있어 무엇을 해도 나른함과 귀찮음이 우선합니다. 특히, 타인과 대면하는 것을 꺼려하게 되어, 누구와도 말을 섞지 않고 그저 홀로 방에 틀어박혀 공허한 시간을 소비하는 동안 이 생명 또한 끊임없이, 그리고 조금씩 쇠약해져 가는 것이 스스로가 이 세상을 등지는 날이 가까워져 오고 있음을 느끼고 있습니다.

밤이 되면 또한 기분이 변화하여 갑자기 가슴 속이 차분히 가라앉아, 잠자리에 들어야겠다는 생각은 온데간데없이 사라져버립니다. 이럴 때 당신은 어떤 생각을 하고 계실까, 그리고 당신께서 저는 어떻게 여기고 계실까를 생각해 보면, 이제 와서 이런 말씀 드리기도 염치없습니다만, 부디 제 마음을 잘 헤아려주시기를 간곡히 바라오며 매일 밤을 그 생각만 하면서 쉬이 잠들지 못 하고 아침을 맞이하고 있습니다.

그러나 몇 번이고 생각을 거듭해 보아도, 물을 청하나 결국은 타버리고 마는 불꽃 마냥 고난은 쌓여만 갈 뿐이며, 언제가 되어야 이러한 책망의 굴레에서 벗어날 수 있을런지요. 약하디 약한 여인의 몸으로는 너무나도 견디기 힘든 일입니다. 더군다나 이 같은 괴로운 심경을 이어갈 바에는, 차라리 미련 없는 목숨을 깨끗이 포기하는 편이 훨씬 나을 것이라 생각되어, 만일의 경우에는 제 스스로가 삶에 종지부를 찍는 것에도 각오를 하고 있습니다.

지금까지 많은 것을 포기하고 살아왔습니다만, 이 생각을 끊기 힘들다면 제가 마지막을 맞이하기 전에 꼭 한 번, 어떻게 해서라도 다시 당신을 뵙기를 원합니다. 요즘에는 오직 그것만을 바라고 바라며 지내고 있습니다. 예부터 신앙심이 깊은 사람들은 현실세계에 나타나신 신불의 모습을 알현하기를 바란다고들 하는데, 저의 이 일념이 가진 힘이라면 결코 이루어질 수 없는 청은 아닐 것으로 생각됩니다.

제3장 2

어제는 시어머니가 문병을 오셨습니다. 문병을 오신 이유는 첫째, 다다쓰구가 최근에 기분을 언짢아하며 걸핏하면 밖으로만 돌고, 이삼일 전에는 좋지 못한 소문이 신문에 실려 걱정이 되셔서 어떤지를 보시겠다고 찾아오셨던 것입니다. 그 부분에 대해서, 매일 있었던 일들을 누구에게서 들으셨는지 부끄러울 만큼 훤히 알고 계셨습니다. 그러면서 다다쓰구의 방탕함은 필경 집안이 잘 돌아가고 있지 않아서라는 말씀을 하시며, 앞으로는 더욱 신경을 쓸 것을 당부하셨습니다. 저는 그때 용기를 내서 터무니없는 일들과 오만 정이 다 떨어진 점에 대해 모두 말씀을 드리고, 차라리 이혼이라도 하게 된다면 더 나을 것이라 생각했습니다만, 시어머니께서 세간에서 평판도 아주 좋으신 분이고, 특히 저에게는 깊은 바다나 높은 산과도 비할 수 없는 따뜻한 정으로, 흡사 딸과 같이 대해주셔서 좀처럼 말을 꺼내지 못 하였습니다. 저는 그저 약한 마음에 하염없이 눈물만 흘리며 기댈 곳 없이 제 불찰을 사과드렸습니다.

제 생명을 당신께 바치지 않는다면 시어머니를 위해 바칠 것입니다. 시어머니를 어머로 삼고 당신을 남편 삼아 살아가는 것이 가능만 하다면, 저는 흙마루에서 잠들고 거적을 두르고 살지라도 그 즐거움이란 이루 헤아릴 수 없을 것이라며 늘 이뤄질 수 없는 날을 꿈꿉니다. 제가 이 세상을 등지게 된다면 한 치의 꾸밈없이 슬퍼해 주실 분은 오직 이 세상에 이 분 밖에 없습니다. 저는 무엇보다 그런 분을 속이고 보내주시는 정을 저버리는 것이 나중에 어떠한 벌로 제게 돌아올 것인지가 슬플 뿐이며, 저의 한심스럽고 비참한 죽음이 세간에 알려지면, 예기치 않게 저의 이 바람이 이루어지는데 방해가 되지나 않을까하여 시종일관 걱정이 되는 것일 뿐입니다.

생각해보면 세간의 사람들이 말하는 것처럼 세상을 등진다는 게 무섭다는 것은 아닙니다. 저는 지금 이대로 숨을 거두게 된다면 무엇보다 행복할 것이라 생각하고 있습니다. 다만, 저의 사후에도 남겨질 제 부모님이 한숨으로 여생을 보내실 것이 마음에 걸리고, 제가 세상과 짧은 인연을 맺었기에 태어난 보람도 느끼지 못할 것이며, 이렇게 제가 존재했었다는 사실조차 곧 흔적도 없이 사라져 버려, 이 붓과 벼루, 반지도, 그리고 등잔불과 함께 제가 있는 이 공간, 이 밤, 이 여름, 이 모기 소리까지도, 제 주변을 맴돌던 모든 것은 앞으로도 오랫동안 남아 있을 것이나. 저 혼자만 사라져 버린다는 것을 뭇 사람들은 그저 한 송이의 꽃이 시들고, 한 포기 잡초가 말라 죽어버리는 것 마냥 생

각하실까봐 인생무상을 절감합니다. 이것은 아무리 생각해도 너무나
도 무정하여, 제 뜻과는 반하게도 미련이 생겨버리는 것입니다.

-終-

『금색야차(金色夜叉)』해제

1. 고로 시대와 오자키 고요

　고로 시대(紅露時代). 메이지(明治) 20년대(1888-1898)의 일본을 대표하는 최고의 베스트셀러 작가, 오자키 고요(尾崎紅葉, 1868-1903)와 고다 로한(幸田露伴, 1867-1947)의 이름에서 한 글자씩 떼어 만든 말이다. 고로 시대라는 단어는 당시의 문단, 나아가 메이지 일본 사회에서 오자키 고요와 고다 로한이 차지했던 위상을 상징적으로 드러낸다. 문학이 근대적 교양을 축적하는 기본적 수단으로 인식되던 시기에 고요와 로한의 작품은 문인들 뿐 아니라 일반 대중에게까지 상당한 영향력을 행사했으며 작중 등장 인물들이 겪는 내적, 외적 갈등은 그 시대를 관통하는 대중적 감성으로 자리매김했다. 예컨대 『금색야차』에서 사랑하는 여인, 미야(宮)에게 배신당한 간이치(貫一)가 쏟아내는 대사에 사람들은 열광했고 그들이 이별했던 곳이라고 설정된 아타미

(熱海)의 해안은 곧바로 관광 명소가 되기도 했다. 돈을 좇아 사랑하는 남성을 배신하는 미야의 모습에 분노하다가 자신의 행동을 후회하는 그녀의 서글픈 모습에 때론 마음 아파하기도 했다.

오자키 고요, 본명 오자키 도쿠타로(尾崎德太郎)는 1868년 1월 도쿄의 시바다이몬(芝大門)에서 태어났다. 아버지 오자키 고쿠사이(尾崎谷斎)는 술자리의 흥을 돋우기 위해 기예를 펼치는 전통예능인이었다. 어릴 적의 오자키 고요는 아버지의 직업을 부끄러워했다고 전해진다. 오자키 고요가 도쿄 태생에 집안이 상인 계급이라는 사실은 중요하다. 도쿄 태생이라는 점은 그가 이른바 에돗코(江戸っ子)의 기질을 갖추고 있으리라 추측하게 하며, 상인 계급이라는 점은 그가 모리 오가이, 나쓰메 소세키 등과는 다른 지점에서 출발했다는 사실을 알려준다. 그러고 보면 고로 시대를 만든 오자키 고요와 고다 로한은 모두 유학을 가본적 없는 국내파 문인이라는 점에서 모리 오가이, 나쓰메 소세키와는 확연히 차별성을 보인다.

1885년 오자키 고요는 동경대 진학을 위한 예비교(제 1 고등학교)에서 야마다 비묘(山田美妙), 이시바시 시안(石橋思案) 등과 함께 현우사(硯友社)를 결성한다. 현우사는 일종의 동인 서클인데, 여기서 발간된 잡지『가라쿠다 문고(我楽多文庫)』는 이후 일본 근대문학의 문체 형성에 큰 영향을 끼친 것으로 평가된다. 처음에는 육필로 적은 원고를 모아두는 정도의 취미생활로 시작한 동인지『가라쿠다 문고』가 점점 인기를 얻자 잡지는 정식으로 활판 인쇄되어 판매되기에 이른다. 고요도 이때「풍류있는 교토 인형(風流京人形)」을 연재해 주목을 받았다.

1889년 『가라쿠다 문고』의 간행처인 요시오카 서점이 시리즈 형식의 소설 단행본 발간에 착수하고, 「신저백종(新著百種)」이라는 이름의 시리즈 제 1권으로 오자키 고요의 『두 비구니의 이로산게(二人比丘尼色懺悔)』가 간행되었다. 전국시대를 배경으로 전쟁에서 죽은 젊은 무사를 기리는 두 여인이 만나 벌어지는 이야기인데, 구어체와 에도 시대의 문어체를 적절하게 섞은 아속절충(雅俗折衷)의 문체로 큰 호평을 받았다. 고요는 이 작품 하나로 일약 베스트셀러 작가의 반열에 오르고 인기를 구가하게 된다. 이 즈음에 고요는 에도 시대에 상인계급(町人)을 중심으로 우키요조시(浮世草子)라는 장르를 확립시킨 대가 이하라 사이카쿠(井原西鶴)에 경도되었다고 알려진다.

　　1888년 동경대 정치학과에 입학한 뒤, 이듬해에 국문과로 전과한 오자키 고요는 바로 그 다음 해에는 대학을 자퇴한다. 자퇴 이유는 재학 중에 내정된 요미우리 신문사 입사 때문이었다. 이후 고요의 작품은 『요미우리 신문』을 통해 세상에 알려지게 되는데, 유곽에서 살아가는 여성의 반평생을 그려낸 「갸라마쿠라(伽羅枕)」, 부호 상인과 남성, 첩이라는 세 인물을 중심으로 이야기가 전개되는 「산닌즈마(三人妻)」를 연재해 인기를 끌었다. 두 작품 모두 앞서 언급한 이하라 사이카쿠의 영향이 짙게 드러나는 작품이다. 이때부터 고요는 고다 로한과 함께 문단을 주도하는 인물로 대두하였다. 고로 시대의 시작이다.

　　1895년에는 『겐지모노가타리(源氏物語)』의 심리묘사에서 영향을 받은 것으로 알려진 『다정다한(多情多恨)』을 집필한다. 『다정다한』은 아내를 잃은 남자 야나기노스케(柳之助)가 하야마(葉山)라는 남자의 집

에 동거하게 되면서 하야마의 아내 오타네(お種)와 사랑에 빠지는 이야기이다. 세상을 떠난 아내를 잊지 못하는 야나기노스케가 오타네의 동정과 친절함에 조금씩 마음을 열어가는 심리변화를 잘 그려냈다는 평가를 받는다. 『다정다한』은 작품의 대중적 인기와는 별도로 이하라 사이카쿠 풍의 앞선 작품들과 달리 아속절충체가 아니라 근대적 구어체 문장을 적절하게 활용했다는 점에서 근대일본문학의 언문일치를 논하는 경우에도 중요하게 거론되는 작품이다.

1897년부터는 『금색야차』의 연재가 시작되었다. 사랑하는 여인 미야에게 배신당한 청년 하자마 간이치 이야기는 청일전쟁 후의 일본사회를 배경으로 돈과 사랑이 화두로 떠오른 당대의 사회분위기를 담아 최고의 인기작이 되었다. 건강상의 문제로 연재를 중단한 적도 있으나 1903년에는 『금색야차』의 속편을 연재하기도 했다. 하지만 결국 같은 해 3월에 위암 진단을 받아 작품은 끝을 보지 못했고 오자키 고요는 1903년 10월 30일 자택에서 숨을 거두고 만다.

오자키 고요는 자신의 작품 내에서 끊임없이 새로운 문체를 모색하고 당대의 사회 분위기를 담아내기 위해 노력했다. 이 점에서 당대는 물론 현대에 이르기까지 고요는 단순한 인기작가를 뛰어넘는 존재감을 과시한다. 고요는 당대의 인기 작가라는 점 이외에도 메이지라는 근대화의 과도기에 외국 문학의 수용과 고전 문학의 유산이 섞이고 변용해가는 과정을 그대로 자신의 작품에 투영해냈다는 점에서 문학사적으로도 중요한 존재로 인식되고 있다.

2. 『금색야차』의 배경과 평가

『금색야차』는 1897년 1월 1일부터 1902년 5월 11일까지 6년에 걸쳐 『요미우리 신문』에 연재되었다. 단행본은 춘양당(春陽堂)에서 전편(1898년 7월), 중편(1899년 1월), 후편(1900년 1월), 속편(1902년 4월), 속속편(1903년 6월)이 간행되었다. 신속편은 속속편 7판(1905년 7월)에 함께 수록되어 세상에 알려졌다.

주인공 하자마 간이치의 모델은 아동문학자 이와야 사자나미(巖谷小波)라고 알려져 있다. 사자나미에게는 고급 요정에서 일하던 스마(須磨)는 애인이 있었는데 사자나미가 교토의 신문사에 부임해 자리를 떠난 사이에 출판사인 박문관(博文館)의 창업자이자 정치인 오하시 신타로(大橋新太郎)에게 애인을 빼앗기고 만다. 사자나미는 딱히 결혼할 생각도 없었기 때문에 크게 신경 쓰지 않았다고 하지만 친구였던 오자키 고요가 화가 나서 요정에 달려가 스마에게 발길질을 했다고 전해진다. 이때의 경험이 아타미 해안에서 간이치와 미야가 헤어질 때 간이치가 미야를 발로 차버리는 장면의 착상으로 이어지고 이 장면은 『금색야차』를 대표하는 최고의 명장면으로 꼽힌다.

1980년대에 동인지 현우사의 문학을 전체적으로 재평가하고 그 전거와 구상을 살피는 과정에서 오자키 고요가 미국의 소설에서 힌트를 얻어 『금색야차』를 집필했다는 사실이 알려졌다. 2000년 7월 호리 게이코(堀啓子)라는 연구자가 미네소타 대학의 도서관에 소장된 샬롯 메리 브레임(Charlotte Brame)의 『여자보다 약한 자(Weaker than a Woman)』가『금색야차』의 원본이라는 점을 밝혔다.『여자보다 약한 자』는 1878년 8월 17일부터 같은 해 11월 23일까지 영국의 Family Herald에 연재된 작품이다. 에미 스이인(江見水蔭)의「자기중심 메이지 문단사」에는 1896년 7월에 오자키 고요가 에미 스이인을 찾아와 최근에 읽은 미국 여류작가의 작품에 대해 이야기했고 내용은 실연당한 젊은이의 이야기라는 대목도 등장한다.

오자키 고요가『금색야차』의 완결을 보지 못하고 사망했기 때문에 작품의 전체상을 파악하기에는 다소 어려움이 있다. 다만 고요 특유의 아속절충체는 당시부터 화려하고 아름다운 문체로 크게 호평 받았다. 하지만 구어체 중심의 자연주의 문학이 주류로 등극한 뒤에는 고요의 미문이 오히려 시대에 뒤떨어진 것으로 인식되기도 했으며, 작품 자체에 대한 평가도 내용의 통속성이 강조될 뿐 80년대 이전에는 진지하게 검토되는 일이 적었다.

3.『금색야차』의 국내 유입과 변용

『금색야차』는 그 문체의 유려함이나 일본 문학사에서 차지하는 위상과는 별도로 소설『장한몽』의 원작이라는 점에서 국내에 더 유명하다.『장한몽』은『매일신보』에 전편이 1913년 5월 13일부터 10월 1일까지, 속편이 1915년 5월 25일부터 12월 26일까지 연재되었다. 연극은 1913년 8월 유일단(唯一團)에 의해 처음으로 공연되었다.

『장한몽』은 당시에 크게 유행하였던 신소설과 고소설을 압도하고 소설과 연극으로 신문학 최초의 베스트셀러가 되었다. 『장한몽』 자체에 대한 평가는 원작이 일본의 『금색야차』라는 사실과 함께 내용의 통속성을 거론하며 작품의 한계를 지적하는 경우가 많으나, 『장한몽』 이후 통속적 애정소설이 대거 등장하고 연극에서도 신파극의 대명사로 『장한몽』이 언급되었다는 점을 고려하면 『장한몽』이 한국문학사에서 차지하는 비중도 결코 작다고는 할 수 없다. 특히 2000년대 이후로는 『금색야차』와 『장한몽』의 관계성을 새로운 시각에서 파악하는 연구가 등장하기도 한다.

예컨대 정종현은 「'사랑의 삼각형'과 계몽 서사의 결합—『金色夜叉』와 식민지 조선의 근대 소설의 관련 양상 연구」에서 기존의 『금색야차』와 『장한몽』 비교연구가 두 작품의 관계를 원천과 종속의 관계로 보는 시각에 사로잡혀 있다고 비판한 바 있다. 그는 『장한몽』이 과도기적 외래문학 수용의 방편으로 값싼 눈물을 자아내는 작품이라는 초기 연구자의 관점을 넘어 식민지 조선에서 근대성이 형성되는 과정에서 『장한몽』이라는 텍스트가 지니는 문제성에 대해 중요한 지적을 제시했다.*

윤경애는 「『金色夜叉』의 한국어 번안에 나타난 변용양상 고찰」에서 번안자 조중환의 여성상 반영이라는 관점에서 논을 전개해가며

---

* 정종현 「'사랑의 삼각형'과 계몽 서사의 결합—『金色夜叉』와 식민지 조선의 근대 소설의 관련 양상 연구」(『한국문학연구』26권, 2003년 12월)

번안 과정에서 드러난 변용양상을 구체적으로 제시한다. 『금색야차』
와 『장한몽』의 배경이 되는 메이지 일본과 식민지 조선에서 당대 여
성이 처해야 했던 현실을 적극적으로 고려하며 번안의 과정과 결과
를 내밀하게 살핀다.*

특히 윤경애가 주목한 부분은 작품의 후반부, 즉 미야가 간이치를
배신하고 다다쓰구와 결혼을 하고 난 뒤의 이야기 전개 부분이다. 이
야기가 극명하게 나뉘기 이전에 두 작품에서 공통적으로 사용된 중
요 요소를 정리하면 다음과 같다.

첫째, 아름다운 여주인공 앞에 다이아몬드 반지를 과시하는 재력
　　가 신사가 등장하여 일동의 주목을 받게 된다.
둘째, 여성에게 어려서부터 부모가 인정한 장래 유망한 약혼자가
　　있으나 그의 신분과 수입에 불만이 있는 여성은 부유한 신사
　　에게 끌린다.
셋째, 여성의 마음이 변한 것을 안 약혼자는 그녀에게 상처받은 마
　　음에 외마디 외침 을 남기고(「ダイヤモンドに目が眩んだかぁ！」,
　　'장한몽'에서는 "김중배의 다이아몬드가 그리도 좋단 말이냐"로 번역) 성
　　공을 위해 일에 고리대금업에 뛰어든다.
넷째, 애정 없는 결혼생활에 대한 후회로 여주인공은 이전의 약혼

---

* 　윤경애 「『金色夜叉』의 한국어 번안에 나타난 변용양상 고찰」(『일본어학연구』51
　　집, 2017년 3월)

자에게 돌아가려 하지만 매몰차게 거절당한다.**

  문제는 이상의 공통점과는 별개로 후반부 전개가 매우 상이하다
는 점이다. 『금색야차』에서 미야는 돈을 좇아 결혼한 뒤 임신까지 하
지만 출산 후 아이가 폐렴으로 사망하고 간이치를 잊지 못해 괴로워
하다 결국에는 정신병원에 입원한다. 간이치는 친구 아라오를 통해
미야의 근황을 듣게 되고 그녀를 다시 만나 병원에서 데려가는 것으
로 이야기가 이어진다. 반면 『장한몽』의 여주인공 심순애는 결혼 후
에도 4년 동안이나 남편 김중배와 동침을 거부하고 정조를 지킨다.
그러나 남편이 억지로 술을 먹여 동침을 하게 된 뒤 강물에 몸을 던
져 자살을 시도한다. 때마침 그곳에 있던 이수일의 절친한 친구 백낙
관에게 구조되고 심한 질책을 듣는다. 심순애는 결국 친정으로 쫓겨
나고 이수일은 백낙관의 설득으로 심순애를 용서한 뒤 함께 살며 사
회를 위해 봉사하는 건전한 가정을 꾸려나가자고 약속한다.
  윤경애는 여기서 "『금색야차』의 미야와 달리 심순애가 4년 동안이
나 정조를 지킨다는 비상식적인 설정은 당시의 통념상 다시 맺어지
기 힘든 심순애를 이수일과 다시 맺어주기 위해 번안가가 창조한 무
리한 장치"***라고 평가하며 이를 번안자 조중환의 여성상이 반영된
결과로 보고 있다.

** 전게서, p.152.

*** 전게서, p.152.

앞서 정종현이 지적한 바와 같이 『금색야차』와 『장한몽』 비교연구는 자칫 원천과 종속의 관계 구도로 흐르기 십상이다. 하지만 『금색야차』에도 원작이 있다. 샬롯 브레임(Charlotte Brame)의 『여자보다약한 자(Weaker than a woman)』이다. 『여자보다 약한 자』의 원작은또 어디에 존재할지 알 수 없다. 원천과 종속의 구도에서 벗어난 『금색야차』와 『장한몽』의 새로운 비교 연구가 기대된다.

지은이

오자키 고요(尾崎紅葉, 1868~1903)

일본 메이지시대 소설가로 본명은 오자키 도쿠타로(尾崎德太郎)이다. 1885년 야마다 비묘(山田美妙), 이시바시 시안(石橋思案) 등과 함께 겐유샤(硯友社)를 결성하여 잡지 〈가라쿠타 문고(我楽多文庫)〉를 발간했다. 『두 여승의 참회(二人比丘尼色懺悔)』(1889)로 문단에 등장하여 많은 작품을 발표하였고, 성격 묘사와 심리 묘사에 새로운 경지를 개척한 『다정다한(多情多恨)』(1896)을 발표했다. 그 후 1897년부터 일대의 역작 『금색야차(金色夜叉)』(1897)의 집필에 몰두하였으나 완성을 못 본 채 1903년 10월에 사망하였다.

저서: 『두 여승의 참회(二人比丘尼色懺悔)』(1889)

『침향 목침(伽羅枕)』(1890)

『다정다한(多情多恨)』(1896)

『금색야차(金色夜叉)』(1897~1902)

『마음의 어둠(心の闇)』(1903)

옮긴이

류정훈

고려대학교 일어일문과 졸업. 고려대학교 중일어문학과 석사와 박사 과정 수료 후 일본 쓰쿠바 대학교(筑波大学校) 인문사회과학연구과(人文社会科学研究科)에서 박사 학위(문학 박사) 취득. 현재 고려대학교 대학혁신지원사업단·융합문명연구원 연구 교수로 재직하고 있다. 역서로는 『만주 사변과 식민지 조선의 전쟁 동원 2』(2016), 『쓰시마 일기』(2017), 『무주공비화』(2020) 등이 있다.

박진수

고려대학교 일어일문학과를 졸업하고 도쿄(東京) 대학에서 문학박사 학위를 받았으며 현재 가천대학교 동양어문학과 교수(아시아문화연구소 소장 겸)로 있다. 주요 저서로는 『소설의 텍스트와 시점』, 『근대 일본의 '조선 붐'』(공저) 등이 있다.

임만호

도쿄가쿠게이(東京学芸)대학 대학원을 졸업하고 다이토분카(大東文化)대학 대학원에서 일본문학 박사과정을 수료하였으며 현재 가천대학교 동양어문학과 교수로 있다. 역서로는 『아쿠타가와류노스케(芥川龍之介)전집』(공역)이 있다.